KiWi
PAPERBACK
844

Eyüp Sultan Camii
EYÜP
Defterdar Caddesi
Haliç-Köprüsü
Kumbaracı Cad.
HALICIOĞLU
OKMEYDANI
Piyale Paşa Camii
DEFTERDAR
Eski Galata-Köprüsü
HASKÖY
KASIMPAŞA
Aynali Kavak Kasri
AYVANSARAY
Mürselpaşa Caddesi
Hasköy Yolu Melez Sok.
Bahriye Caddesi
TEPEB
Golden Horn
Kariye Camii
BALAT
Abdülezel
Mihrimah Camii
E. Çelebi Cad.
FENER
EDİRNEKAPI
Sokullu Mehmet Paşa Camii
Sultan Selim Camii
Gül Camii
Nisançı Camii
Paşa Caddesi
Ulubatlı
BAYRAMPAŞA
Atatürk-Köprüsü
KARAGÜMRÜK
Fevzipaşa Caddesi
Zeyrek Kilise Camii
Adnan Menderes Bulvarı
Mehmet Fatih Camii
Rüstem Paşa Camii
Emniyet
FATİH
Bozdoğan Kemeri
Suleymaniye Camii
BEYAZIT
Kapali Çarşi (Grand Bazar)
Turgut Özal Caddesi
Şehzade Camii
ÇAPA
SARAÇHANE
Üniversitesi
CAĞ
Aksaray
Lâleli Camii
Üniversitesi
Beyazit Camii
Ordu Caddesi
Haseki Camii
KUMKAPI
ALEM
Koca Mustafa Paşa Camii
Cerrahpaşa Camii
SAMATYA
AKSARAY
Yenikapı
Yenikapı İst.
Kumkapı İst.
Kennedy Caddesi
Kennedy Caddesi
Koca Mustafa Paşa İst.
Marmarameer

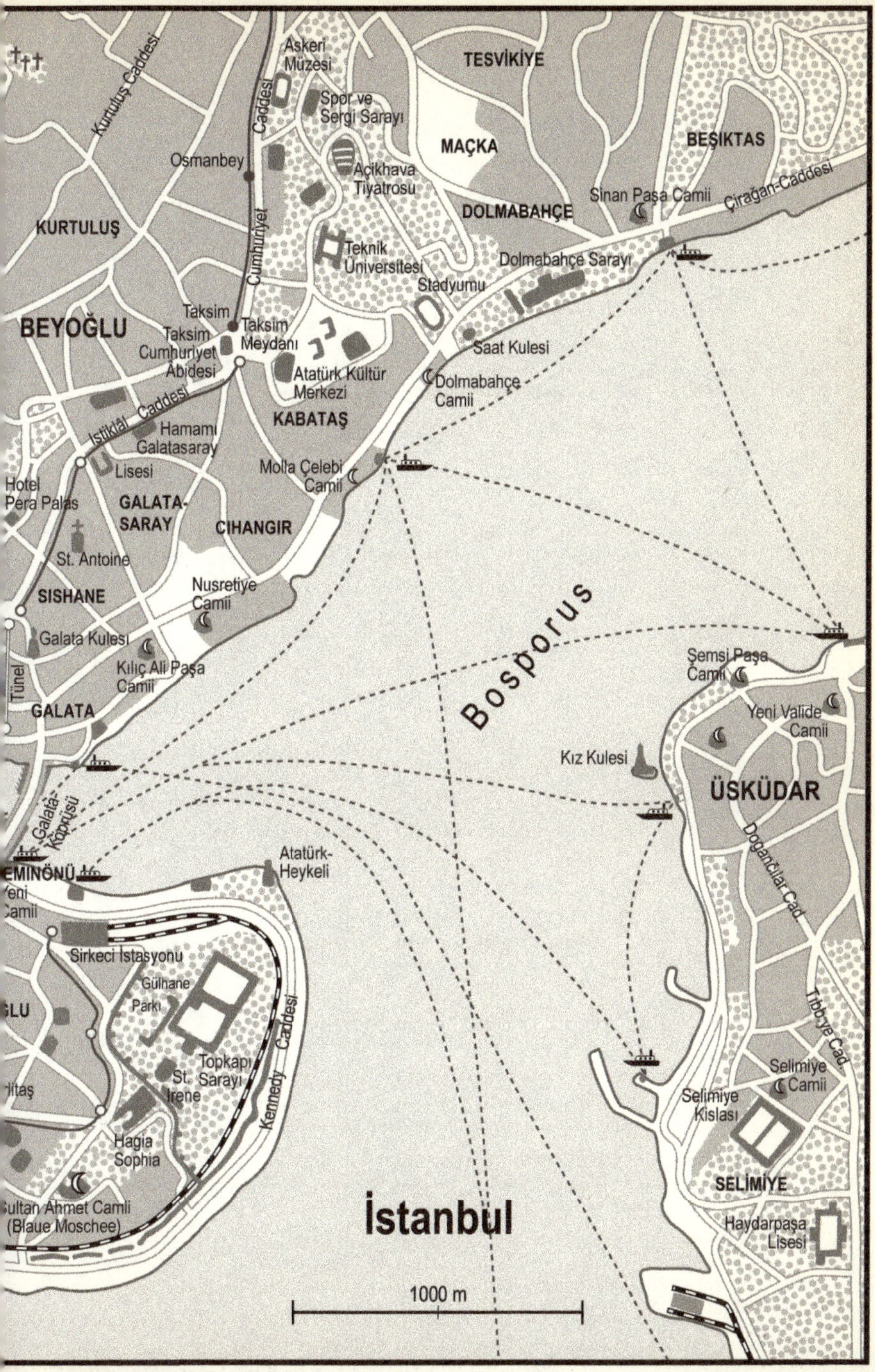

Askeri Müzesi
TESVİKİYE
Spor ve Sergi Sarayı
Kurtuluş Caddesi
Cumhuriyet Caddesi
MAÇKA
BEŞIKTAS
Osmanbey
Açikhava Tiyatrosu
Sinan Paşa Camii
Çirağan-Caddesi
DOLMABAHÇE
KURTULUŞ
Teknik Üniversitesi
Dolmabahçe Sarayı
Stadyumu
Taksim
BEYOĞLU
Taksim Cumhuriyet Abidesi
Taksim Meydanı
Saat Kulesi
Atatürk Kültür Merkezi
Dolmabahçe Camii
İstiklâl Caddesi
Hamamı Galatasaray
KABATAŞ
Lisesi
Molla Çelebi Camii
Hotel Pera Palas
GALATA-SARAY
CIHANGIR
St. Antoine
Nusretiye Camii
SISHANE
Bosporus
Galata Kulesi
Kılıç Ali Paşa Camii
Şemsi Paşa Camii
Tünel
GALATA
Yeni Valide Camii
Kız Kulesi
ÜSKÜDAR
Galata-Köprüsü
Atatürk-Heykeli
EMINÖNÜ
Yeni Camii
Doğancılar Cad.
Sirkeci İstasyonu
Gülhane Parkı
Kennedy Caddesi
Tibbiye Cad.
Topkapı Sarayı
St. Irene
Selimiye Camii
Selimiye Kislası
Hagia Sophia
SELIMIYE
Sultan Ahmet Camii (Blaue Moschee)
İstanbul
Haydarpaşa Lisesi
1000 m

Das Buch
Unmittelbar nach einer Konferenz fasst Andreas Leuchtenberg den folgenschwersten Entschluss seines Lebens. Er bucht einen Flug nach Istanbul und mietet sich im Pera Palas ein, dem legendären Hotel, das einst die Gäste des Orient-Express beherbergte.
Leuchtenberg sucht Sehin, das türkische Mädchen, das seine erste und einzige große Liebe war.
Noch nie zuvor war er in Istanbul. Doch er glaubt, die Metropole am Bosporus aus ihren Geschichten zu kennen. Nun sucht er die Plätze auf, von denen sie ihm erzählte, und er hält nach ihr Ausschau.
Während seine gewohnte Welt aus den Fugen gerät, wird sein Aufenthalt am Bosporus auch zu einer Reise zurück an jenen Tag, als ihre Liebe vor ihrer größten Bewährungsprobe stand.
Vor der Kulisse einer der aufregendsten Metropolen der Welt erzählt Wolfgang Schorlau eine außergewöhnliche Liebesgeschichte.

Der Autor
Wolfgang Schorlau, ehemaliger Manager in der Computerindustrie. Er lebt und arbeitet heute als freier Autor in Stuttgart. Näheres über den Autor und diesen Roman unter www.schorlau.com

Weitere Titel bei Kiepenheuer & Witsch
Wolfgang Schorlaus Politkrimireihe um den Stuttgarter Privatermittler Georg Dengler umfasst bisher fünf Bände: »Die blaue Liste« (2003, KiWi 870), »Das dunkle Schweigen« (2005, KiWi 918), »Fremde Wasser« (2006, KiWi 964), »Brennende Kälte« (2008, KiWi 1026) und »Das München-Komplott« (2009, KiWi 1114).

Sämtliche Titel sind auch als eBook erhältlich.

Wolfgang Schorlau

Sommer am Bosporus

Ein Istanbul-Roman

Kiepenheuer & Witsch

MIX
Papier aus verantwortungsvollen Quellen
FSC www.fsc.org FSC® C083411

Verlag Kiepenheuer & Witsch, FSC®-N001512

3. Auflage 2012

Umschlaggestaltung: Barbara Thoben, Köln
Umschlagmotiv: © Rudolf Linn, Köln
Karte Innenteil: © Jens Krause, Leipzig
Satz: Pinkuin Satz und Datentechnik, Berlin
Druck und Bindearbeiten: CPI – Clausen & Bosse, Leck
ISBN 978-3-462-03427-1

Inhalt

Meeting

Andreas Leuchtenberg verließ das Meeting vorzeitig kurz nach elf. Er lief, die Unterlagen für das neue Computerprogramm in der Hand, durch den schmalen Flur zurück in sein Büro, ließ sich auf seinen Schreibtischstuhl fallen und fasste den folgenschwersten Entschluss seines Lebens.

Früh am Morgen hatte er Sehins Vater am Busbahnhof getroffen. Fast hätte er den alten Mann nicht erkannt. Beschwerlich gehend kam er den Fußgängerüberweg herunter, vorsichtig jede Stufe nehmend, sich mit der rechten Hand am Geländer stützend. Nach jedem Treppenabsatz hielt er inne, schwer atmend. Sein Schnurrbart war weiß geworden, aufgeschwemmt wirkte er und müde. Leuchtenberg war vor dem Fußgängerüberweg stehen geblieben, obwohl er zunächst rasch weitergehen wollte. Und dann stand ihr Vater vor ihm, aber blickte ihn nicht an.

»Sehin geht es gut. Macht eigene Modenschau in Istanbul«, sagte er und sah weiter an Leuchtenberg vorbei, wandte sich ab und schlurfte weiter, vorsichtig, als habe er jeden Schritt zu bedenken.

Leuchtenberg sah ihm noch eine Weile nach. War das der Mann, der ihnen als Kinder Ringertricks beigebracht hatte? Der Mann mit dem struppigen Schnauzbart, schwarz, als wäre er mit Schuhcreme eingeschmiert? Sehin hatte ihm erzählt, wie sie als kleines Kind immer an einem der beiden Bartzipfel gezogen hatte und sich freute, wenn ihr Vater dann sein Gesicht in diese Richtung neigte. Schnell hätte sie an dem anderen Ende gezogen, und sein Gesicht sei wie ein Pendel in die andere Richtung ausgeschlagen, sodass er ganz lustig mit dem Kopf gewackelt habe, gerade wie sie, die kleine Sehin, das wollte.

Die Gestalt von Sehins Vater hatte sich längst im morgendlichen Betrieb des Busbahnhofs verloren, doch Leuchtenberg stand noch immer vor dem Treppenaufstieg des Fußgängerübergangs. Sehins Gesicht war in ihm aufgestiegen. Zunächst das lachende Kindergesicht, dann aber wurde ihr Antlitz erwachsener, und er sah ihre fragende Miene, als er sie bat, nicht neben ihm zu gehen auf dem kurzen Weg von der Mensa zum Studentenwohnheim, er sah, wie sie erstarrte und Schmerz ihr Gesicht zerwühlte, wie sie sich dann umdrehte und mit diesem unvergessenen schnellen Schritt davonstürmte.

Leuchtenberg war zu seinem Auto zurückgegangen, im Wagen hatte er sich eine Zigarette angesteckt. Er saß eine Weile da und rauchte. Dann entschied er, es sei nun genug, er verscheuchte Sehin, wie er sie damals aus seinem Hirn vertrieben hatte, startete den Motor und fuhr zur Firma.

Doch bevor er zu dem Meeting aufbrach, hatte er im Internet nach Modenschauen in Istanbul gesucht. Eine der von der Suchmaschine ermittelten Web-Seiten kündigte eine Modenschau an, die in sechs Tagen in einem Hotel stattfinden sollte, das sich *Pera Palas* nannte. Er suchte auf der Seite nach Sehins Namen oder nach einem Bild von ihr, aber er fand weder das eine noch das andere. Er griff die Mappe mit den Unterlagen des neuen Computerprogramms, straffte seinen Brustkorb und hastete hinüber zum Konferenzzimmer.

*

Noch auf dem Weg durch den Flur überlegte er, ob das Konferenzzimmer bald »Meetingroom« heißen würde. Vor zwei Jahren hatte der alte Herr Gehring die Geschäftsführung seinem Sohn übergeben. Seither hatte sich vieles geändert. Nicht nur, dass Besprechungen nun »Meetings« hießen. »Umstrukturierung« war das Lieblingswort des Juniorchefs. Er ließ einige neue Softwareprogramme schreiben; das Softwareprojekt, das nun im Meeting vorgestellt werden sollte, betraf Leuchtenbergs Arbeitsbereich.

Leuchtenberg war bei der Gehring Verpackungsmaschinen GmbH für das Angebotswesen zuständig. Jedes Angebot, das die Firma verließ, war von ihm kalkuliert und trug seine Unterschrift: i.V. Leuchtenberg. Die Kunst seiner Tätigkeit bestand darin, sich in seiner Phantasie die geplante Maschine vorzustellen, sie zu zerlegen und sich den Produktionsprozess eines jeden Einzelteiles genau vorzustellen. Für jedes einzelne Teil erstellte er einen Arbeitsplan. Er berechnete den Zeitaufwand für das Zuschneiden der Bleche, addierte die Transportzeiten vom Lager in die Zuschneiderei und multiplizierte jede Zeit mit Stundensätzen, die er aus langjähriger Erfahrung gewonnen hatte. Er kannte die Zeiten der Arbeitsprozesse für das Biegen und Stanzen und für das anschließende Punktschweißen und Glühen. Er wusste, wie viel die auswärtige Galvanikfirma für das Verzinken berechnen durfte, und überblickte die Kosten für Verpackung und Transport. Ihm machte keiner etwas vor.

Früher hatte Leuchtenberg für seine Kalkulationen Tabellen und Listen erstellt, in denen er Arbeitszeiten und Materialkosten notierte. Und früher war er noch häufig in den zweiten Stock gegangen, wo die Konstrukteure hinter ihren Zeichenbrettern oder vor ihren CAD-Bildschirmen saßen, und er befragte die Arbeitsvorbereitung nach der vorraussichtlichen Dauer der zu planenden Arbeitsvorgänge. Oder er sprach mit den Meistern der Fertigung: Wie lange braucht der Werkzeugbau zur Herstellung dieses oder jenes Werkzeuges? Doch im Laufe der Zeit hatte Leuchtenberg seine Methoden verbessert, und heute konnte er im Nu in seinen Datenbanken ähnlich konstruierte Teile suchen und finden und musste nur noch die Änderung gegenüber dem ursprünglichen Werkstück kalkulieren.

Der alte Herr Gehring hatte immer gewusst, was er an Andreas Leuchtenberg hatte. Ihm war nicht nur klar gewesen, dass er an jeder Maschine Geld verdiente, die Leuchtenberg kalkuliert hatte, sondern auch, wie hoch exakt sein Gewinn jeweils war.

Deshalb hatte der Alte ihm hin und wieder seine Wertschätzung gezeigt. Nicht, dass er Leuchtenbergs Gehalt angehoben hätte, nein, diese Art der Anerkennung mochte der Alte nicht, sie war ihm regelrecht zuwider, denn selbst jetzt, nach den vielen Jahren bei Gehring, verdiente Leuchtenberg nur ein paar Euro mehr als die anderen seiner Tarifgruppe. Stattdessen hatte der alte Chef ihn und Ilse einmal im Jahr zum Essen nach Stuttgart eingeladen. Meist saßen sie in der *Wielandshöhe* und sprachen über die Firma. Leuchtenberg mochte diese Abende, und Ilse mochte sie auch, zumindest in den ersten Jahren, als sie sich noch gut verstanden.

Natürlich wurde er auch zur jährlichen Klausur der Führungskräfte eingeladen. Vor sechs Jahren hatte er sogar einen kleinen Vortrag über seine Arbeit gehalten. »Der Erfolg eines Auftrages entscheidet sich beim Angebot«, war sein Tenor. Hier würde bereits festgelegt, ob beim Bau einer Verpackungsmaschine Gewinn für die Firma hängen blieb. Wird ein Auftrag zu knapp kalkuliert und geschieht in der Fertigung etwas Unvorhergesehenes, dann verlieren wir Geld. Leuchtenberg erinnerte sich noch genau, wie er an dem Pult stand, beide Hände seitlich den Rand festhaltend. Er fühlte sich ein bisschen wie ein Politiker, und er kam sich wichtig vor. Ein gutes Gefühl.

»Es ist für uns nicht gut, einen Auftrag zu fertigen, bei dem wir Geld verlieren. Den überlassen wir lieber und gerne der Konkurrenz«, hatte er gesagt, die Kollegen im Saal schmunzelten, und als er sich nach der Rede auf seinen Platz gesetzt hatte, war der Senior aufgestanden und hatte ihm gratuliert. Vor allen anderen Kollegen.

Aber diese Zeiten waren passee.

Seit einem Jahr belagerten Leuchtenberg drei Typen von der Consultingfirma Petterson & Partners, die der Junior beauftragt hatte. Sie wollten ein EDV-Programm erstellen, das die Kalkulation automatisch erledigte. Frau Peckhaus, die frühere Sekretärin des Seniors, hatte ihm vertraulich berichtet, der Junior wolle das Programm allen Verkäufern mitgeben, damit sie an Ort und Stelle beim Verkaufsgespräch ein Angebot erstellen könnten. Leuchtenberg hatte das nicht glauben wollen, und als er die »Drei von der Tankstelle«, wie er die Mitarbeiter der Beratungsfirma insgeheim nannte, danach befragt hatte, wer mit diesem Programm später einmal arbeiten sollte, sagte einer von ihnen, es ginge nur darum, ihm die Arbeit zu erleichtern.

Leuchtenberg bezweifelte, dass man seine Arbeit automatisieren könne. Jede Maschine war neu, hatte ihre Besonderheiten, all das konnte ein Verkäufer nicht einschätzen. Er hielt den Auftrag an die Drei von der Tankstelle für verschleudertes Geld, und vor ein paar Monaten war er zum Junior gegangen und hatte es ihm gesagt.

Dessen Reaktion verblüffte ihn. Der Junior hörte sich seine Rede lächelnd an und sagte dann, er erwarte, dass Leuchtenberg vollständig mit Petterson & Partners kooperiere. Er sei ein verdienter Mitarbeiter, aber auch verdiente Mitarbeiter dürften sich nicht auf ihren Lorbeeren ausruhen, denn jetzt müsse die Firma sich neue Ziele stecken und in neue Dimensionen aufbrechen, und jeder der älteren Mitarbeiter müsse selbst entscheiden, ob er auf diese Reise mitwolle.

Bei dieser Gelegenheit erfuhr Leuchtenberg zum ersten Mal, dass er als älterer Mitarbeiter betrachtet wurde.

Ich bin vierzig, hatte er einwenden wollen, aber war zu verblüfft gewesen, um überhaupt irgendetwas zu sagen.

*

Der Juniorchef (seit er alleiniger Geschäftsführer war, verbot er sich den »Junior«, aber jedermann in der Firma nannte ihn weiterhin so) kam wie immer zehn Minuten zu spät zum Meeting. Er flätzte sich in den Sessel, die Beine lang gestreckt, und gab den Dreien von der Tankstelle lässig ein Zeichen.

»Dann zeigen Sie mal, was Sie draufhaben.«

Der Ältere der Tankstellenbande stand auf und trat zum Tageslichtprojektor. Er legte eine Folie auf. Sie zeigte, Leuchtenberg sah es sofort, die ME 320, die neueste Maschine aus dem Gehring-Programm: zum Verpacken von Kaffeesahne in kleine Portionsbehälter, die in Cafés und Kantinen gereicht werden.

»Diese Maschine«, sagte er, »besteht aus 22300 Einzelteilen, einige kauft Gehring ein, aber die meisten stellen wir selbst her und montieren sie.«

Er legte die nächste Folie auf.

Kalkulationsaufwand – herkömmlich, las Leuchtenberg. Darunter standen einige Zahlen.

Der Mann fuhr fort: »Herr Leuchtenberg benötigt zur manuellen Kalkulation etwa zweieinhalb Wochen: Definition der Teile, Festlegung der Einkaufskosten für die Bestellteile, Erstellung der Stückliste, Planung und Kalkulation der Arbeitsgänge und so weiter und so weiter.«

Er legte eine dritte Folie auf.

»Wir alle wissen, Herrn Leuchtenbergs Kalkulationen sind sehr präzise. Und er kommt zu dem Ergebnis, wir können diese Maschine für 1,43 Millionen Euro verkaufen. Und das haben wir dann auch gemacht.«

Leuchtenberg mochte es nicht, wenn dieser Mann von »wir« sprach. Er gehörte nicht zur Gehring-Familie. Er kam von außen.

Der Mann trat nun an den Tisch neben dem Projektor und schaltete einen Laptop ein.

Er wandte sich an die Zuschauer: »Jetzt kalkulieren wir die gleiche Maschine noch einmal. Mit dem Programm, das wir entwickelt haben. Und ich bitte jemanden nach vorne, der keine Erfahrung mit Kalkulationen hat, jemand, der im Vertrieb tätig ist.«

Er zeigte auf Eduard Brauner, der das Verkaufsbüro in Barcelona leitete. Leuchtenberg wunderte sich, dass dieser an dem internen Meeting teilnahm. Brauner stand auf, schüttelte sich ein wenig, als sei er verlegen, stiefelte dann mit steifen Schritten nach vorne an den Laptop und setzte sich.

»Jetzt rufen Sie das Programm auf und geben Sie den Namen der Maschine ein.«

Ein Beamer projizierte den Bildschirm des Computers

auf die Leinwand des Besprechungszimmers, sodass jeder im Raum verfolgen konnte, was Brauner am Rechner eingab.

Als die erste Bildschirmmaske erschien, tippte er ME 320 in das Textfeld. Das Programm fragte ihn nun zum Charakter der geplanten Verpackungsmaschine. Brauner brauchte nicht mehr als »Ja« oder »Nein« anzuklicken. Dann wurden ihm verschiedene Kaufteile angeboten, Brauner klickte, und Leuchtenberg sah auf der Leinwand langsam die Stückliste der ME 320 entstehen, weitere Kaufteile erschienen, Fertigungsschritte wurden vorgeschlagen und ausgewählt, Prozentsätze und Aufschläge erschienen und wurden akzeptiert.

Leuchtenberg erkannte die vielen Daten und Zeitangaben, die er alle gesammelt hatte, die sich nun an der richtigen Stelle anboten und von Brauner per Mausklick akzeptiert wurden.

Er spürte die Hitze in seine Wangen steigen. Wahrscheinlich, dachte er, sitze ich mit hochrotem Kopf hier in der Sitzung, aber er konnte den Blick nicht von der Leinwand wenden, wo die ME 320 immer mehr an Kontur gewann, sich aus immer mehr kalkulierten Teilen zusammensetzte. Und nach kaum vierzig Minuten erschien eine Abfrage »Verkaufspreis feststellen«, und Brauner klickte auf »Ja« – und die Maschine gab eine Zahl aus, als habe sie die ganze Zeit auf diesen Augenblick gewartet.

1 424 145,92 € stand da, und Leuchtenberg spürte, wie das Blut aus seinem Kopf wich. Ihm wurde flau im Magen, und er hielt sich wie beiläufig an der Tischkante fest, als müsse er befürchten, in eine Ohnmacht zu sinken.

Der Junior sah ihn und grinste: »Na, Leuchtenberg, da brauchen wir Sie ja gar nicht mehr!«

Im Saal herrschte Schweigen, und Leuchtenberg fühlte die Blicke der Kollegen auf sich gerichtet, als wären es Speere. Er stand auf, raffte seine Unterlagen zusammen und verließ den Besprechungsraum.

*

Als er sich in seinem Büro auf den Schreibtischstuhl fallen ließ, atmete er immer noch schwer. Er rief das Internet auf und überprüfte noch einmal den Termin der Modenschau im Hotel Pera Palas.

Dann rief er den Personalchef an. Die Lüge ging ihm glatt über die Lippen. Ein Todesfall? Zehn Tage Urlaub? Ja, sicher. Jemand aus dem engeren Familienkreis? Mein Beileid. Schicken Sie eine kurze Benachrichtigung per Mail.

10 – die Kurzwahl für seine Wohnung. Niemand nahm ab, und nach dem vierten Klingeln hörte er seine eigene Stimme auf dem Anrufbeantworter: »Hier sind Ilse, Ute und Andreas Leuchtenberg, wir sind im Augenblick nicht zu Hause. Sie können uns jedoch eine Nachricht …« Er legte den Hörer zurück.

Ilse war nicht wieder zurückgekommen. Langsam tippte er ihre Handynummer in sein Telefon.

»Hallo, richtige Nummer, falsche Zeit«, hört er seine Frau sagen und wunderte sich, wie fröhlich ihre Stimme klang, »im Augenblick kann ich nicht abnehmen. Aber sprechen Sie einfach nach dem Piepton. Ich melde mich dann. Versprochen.«

Er unterbrach die Verbindung.

Leuchtenberg stand auf und legte den durchsichtigen Plastikumschlag mit den Unterlagen in die unterste Schublade seines Schreibtischs. Dann schloss er ab und reihte den Schlüssel neben Büro- und Haustürschlüssel und steckte den Schlüsselbund in die Hosentasche.

Er ging ins Vorzimmer. Helga Bessel saß hinter dem Computer, den schmalen Hörer des Diktiergerätes über den Kopf gezogen, und tippte konzentriert einen Brief in den Rechner. Sie bemerkte ihn nicht. Erst als er ihr winkte, sah sie auf und lachte und nahm mit einer schnellen Bewegung den Kopfhörer ab.

»Ich habe Urlaub genommen« sagte er, »für zehn Tage. Wegen eines Todesfalls in der Familie.«

Er sah, wie sich ihr Mund zu einem großen A öffnete, das unweigerlich ein »aber« werden würde.

Er winkte ab.

»Bitte sag alles ab. Es geht nicht anders.«

Noch bevor sie ihn an die drei wichtigen Kundengespräche in der nächsten Woche erinnern konnte, schloss Leuchtenberg die Tür hinter sich.

Als er in seinem Wagen saß, fiel ihm ein, dass sein Mantel noch an der Garderobe in Helga Bessels Büro hing.

Merkwürdig: Zum ersten Mal in seinem Leben reiste er, ohne dass irgendjemand wusste, wo er hinfuhr. Meinen Mantel werde ich nicht brauchen, dachte er, in Istanbul ist bereits Sommer.

Turbulenzen

Vor dem Schalter von Türkisch Airlines stauten sich die Passagiere bis zu dem Kiosk am Ausgang der Halle. Andreas Leuchtenberg holte das Ticket am Info-Deck der Fluggesellschaft ab und stellte sich hinter einen alten Türken mit grauem Bart in die Schlange. Der Mann trug einen braunen gesteppten Anorak, und über den Kopf hatte er eine grüne Pudelmütze gezogen, die besser zu einem Rapper gepasst hätte, wenn sie schwarz gewesen wäre. Hin und wieder, wenn die Schlange aufrückte, schob der Mann seinen Gepäckwagen ein Stück weiter, der überladen war mit fünf alten Koffern, die von grauen Gummibändern notdürftig zusammengehalten wurden. Neben ihm stand eine dicke ältere Frau, deren Vollmondgesicht unter einem hellblauen Kopftuch hervorlugte. Sie trug einen graubraunen Mantel, der sie bis zu den Füßen umschloss wie ein Rundzelt. Die Frau zog ständig ein Handy aus den Weiten dieses Mantels, überprüfte den Eingang neuer SMS, doch die Nachricht, auf die sie wartete, schien nicht einzutreffen.

Die Abfertigung zog sich endlos dahin. Es dauerte über eine Stunde, bis Leuchtenberg endlich im Flugzeug saß, einer zuverlässigen Boeing 737, wie er mit einem Blick durch das Fenster der Gangway feststellte. Er quetschte sich in seinen Sitz am Gang im hinteren Teil der Maschine. Neben ihm auf dem Fenster- und dem Mittelplatz saßen zwei Türkinnen mit schwarzen Kopftüchern. Sie unterhielten sich. Kaum hatte Leuchtenberg sich angeschnallt, drehte sich die Frau auf dem Mittelplatz zu ihm um. Leuchtenberg blickte in ein vom Dunkel des Kopftuches umrahmtes Mondgesicht, ein Eiterpickel leuchtete aus ihrem Mundwinkel. Sie sprach ihn auf Türkisch an.

»Entschuldigung«, sagte er, »ich kann leider kein Türkisch.«

Die Frau sprach schnell weiter, ihre Stimme wurde lauter, schriller und ging schließlich in ein leichtes Kreischen über. Auch die ältere Frau mit Brille auf dem Fensterplatz redete auf ihn ein.

Leuchtenberg versuchte es auf Englisch. Ohne Erfolg. Plötzlich stand ein junger Türke in einer schwarzen Plastikjacke neben ihm und zog an seinem Ärmel. Leuchtenberg verstand nicht, was die drei von ihm wollten, und war froh, als eine Stewardess dazukam und mit den beiden Frauen sprach.

Die Türkinnen steigerten ihre Lautstärke, und die alte Frau am Fenster wies mit dem Finger auf ihn und hob dann händeringend beide Arme in Richtung Flugzeugdecke.

Leuchtenberg dachte, etwas an ihm sei nicht in Ordnung, und prüfte mit einer schnellen Bewegung seinen Hosenschlitz. Er stand nicht offen, aber die beiden Frauen steigerten sofort ihr Lamento, und der junge Türke zerrte ihn schmerzhaft am Arm.

»Die beiden Damen fragen, ob Sie bereit sind, den Platz zu tauschen und sich irgendwo anders hinzusetzen? Sie möchten nicht neben einem unbekannten Mann sitzen.«

Leuchtenberg sah entgeistert die dicke Frau mit dem Mondgesicht und dem Pickel an, die nun schwieg.

»Sagen Sie den Damen«, sagte er zu der Stewardess, »von mir geht keine Gefahr aus. Sie haben nichts zu befürchten.«

Erneutes Übersetzen. Erneutes Lamento.

Eine zweite Stewardess trat hinzu und flüsterte mit ihrer Kollegin. Erneutes Gespräch mit den beiden Frauen.

Leuchtenberg schaute an sich herab. Was stimmte bloß mit ihm nicht? Die Passagiere im hinteren Teil des Flugzeugs starrten ihn an, und auch im vorderen Teil verdrehten einige die Hälse in seine Richtung.

»Wir setzen die beiden Damen nach vorne«, sagte die Stewardess schließlich, »entschuldigen Sie, aber sie möchten nicht neben einem Mann sitzen.«

Leuchtenberg stand auf, die beiden alten Frauen quälten sich aus ihren Sitzen und verschwanden im vorderen Teil der Boeing. Leuchtenberg empfand es beruhigend, dass stattdessen ein Mann, den er auf vierzig schätzte, den Gang entlangkam, der einen Buben hinter sich her zog. Der Junge setzte sich an den Fensterplatz, der Mann, dessen Haar bereits völlig ergraut waren, auf den mittleren Sitz. Leuchtenberg schnallte sich erneut an. Der Junge trug eine große Brille, die seine Augen unnatürlich vergrößerte. Der Vater flüsterte leise auf Türkisch mit dem Kind, bis die Maschine abhob. Da juchzte der Junge und schlug vor Freude die Hände zusammen.

Der Flug verlief ruhig, doch über Rumänien geriet die Maschine in Turbulenzen. Leuchtenberg spürte, wie seine Handflächen feucht wurden, während das Flugzeug sich streckte, zitterte und ächzte. Einige murmelten stille Gebete. Allein der Junge schlug begeistert die Hände zusammen.

Nicht nur Leuchtenberg schienen die Turbulenzen geängstigt zu haben. Als die Boeing völlig ruhig auf der Landebahn des Kemal-Atatürk-Flughafens aufsetzte, applaudierten die meisten Passagiere.

*

Am Gepäckband purzelte sein grüner Koffer als dritter aus dem Schlund des Transportsystems. Leuchtenberg kam ohne Probleme durch Passkontrolle und Zoll und trat durch eine Glastür in die Ankunftshalle des Flughafens. Vor ihm, nur durch eine Metallstange getrennt, stand eine Menschenmenge und starrte ihn an. Einige hielten Firmenschilder hoch oder handgeschriebene Zettel mit deutschen, englischen und türkischen Namen.

»Möchten Sie ein Taxi in die Innenstadt?« Ein junger Mann stand neben ihm.

Leuchtenberg wunderte sich, dass er auf Deutsch angesprochen wurde. Sah man ihm seine Nationalität an?

»Kann ich Ihnen helfen?«, fragte der junge Mann und griff nach Leuchtenbergs Koffer.

»Nein.« Leuchtenberg riss den Koffer wieder an sich.

»Taxi?« Ein großer, schwerer Türke gesellte sich zu ihnen. Er hatte einen Bart und trug eine schwarze Lederjacke.

»Taxi, Taxi«, schrie ein dicker Mann in einem braunen Pullunder und griff nach seinem Koffer.

»Nein«, schrie Leuchtenberg und zog das Gepäckstück eng zu sich.

»Taxi, kommen Sie mit mir!«, rief ein weiterer Taxifahrer mit kurzen grauen Haaren und einer Brille, dessen freundliches Lächeln irgendwie aufgesetzt wirkte.

»Nein, nein«, schrie Leuchtenberg und fühlte sich regelrecht umzingelt, weil mittlerweile ein ganzer Trupp türkischer Männer ihn umlagerte. Er versuchte sich aus dem Pulk herauszuarbeiten, den Koffer fest umschlungen, doch die Taxifahrer folgten ihm.

»Vielleicht wollen Sie erst Geld wechseln?«, sagte der junge Taxifahrer. »Soll ich Ihnen den Weg zur Bank zeigen? Sie ist nicht weit von hier.«

Leuchtenberg blieb stehen. Tatsächlich, er besaß nicht eine türkische Lira.

»Kommen Sie«, sagte der junge Mann, nahm seinen Koffer und durchschritt den Kreis der anderen Fahrer, die ihnen zu Leuchtenbergs Erleichterung nicht folgten. Er stiefelte hinter dem jungen Mann her, der seinen Koffer am Haltegriff hinter sich her zog. Leuchtenberg schloss schnell auf. Er bereitete sich auf einen Spurt vor, sollte der andere mit seinem Gepäckstück plötzlich fliehen.

Doch der schritt ruhig nach links durch die Menge, zielsicher zu einem der Schalter an der Außenseite der Halle. Nun sah Leuchtenberg bereits das vertraute »Change«-Zeichen. Er entspannte sich.

Andreas Leuchtenberg wechselte 300 Euro, und die Frau hinter dem Schalter reichte ihm ein Bündel Scheine: die unfassbare Summe von 560 399 400 000 Türkische Lira.

Er zählte den Stapel Geldscheine durch. Der kleinste Schein leuchtete in hellem Braun, ein Ein-Millionen-Schein. Hilfesuchend drehte er sich zu dem jungen Mann um, der ihn freundlich angrinste.

»Was kostet eine Fahrt in die Stadt?«, fragte er ihn.

»Wo wollen Sie denn hin?«

»Hotel Pera Palas. Kennen Sie das?«

»Kennt jeder in Istanbul, die Fahrt dahin kostet ungefähr 18 Millionen. Aber machen Sie sich keine Sorgen, ich schalte den Taxameter ein. Alles korrekt.«

Alles korrekt – das klang gut.

Leuchtenberg folgte dem Mann, der bereits auf den Ausgang zueilte und Leuchtenbergs Koffer hinter sich her zog. Die Kunststoff-Rädchen erzeugten ein durchdringendes Geräusch und hinterließen, da sie zuweilen blockierten, eine fein gestrichelte Linie auf dem Steinboden.

Durch die Tür der Ankunftshalle trat Leuchtenberg unvermittelt ins Warme. Er blieb einen Augenblick stehen, die Tür des Flughafens zischte hinter ihm zu.

Er blinzelte in die Sonne, und plötzlich fühlte er sich frei von allen Bedrückungen und Sorgen. Er würde Sehin wiedersehen. Dieser Gedanke füllte ihn mit einer inneren Freude, er atmete frei und genoss die Wärme der Sonne auf seinem Gesicht, auf Stirn und Wangen.

Doch wo war der Fahrer? Und sein Koffer? Eine kurze Panik stieg in ihm auf, aber dann sah er den jungen Mann, der gerade sein Gepäck in den Kofferraum eines gelben Renault hievte. Er eilte zu ihm hinüber, öffnete die Wagentür und setzte sich auf die Rückbank. Es beruhigte ihn, dass der Fahrer sofort den Taxameter anschaltete. Dann fuhren sie los.

Bei der Ausfahrt aus dem Flughafengelände an einem großen Kreisverkehr sah er die erste Moschee mit zwei Minaretten, die sich schmal in den Himmel hoben. Kaum hundert Meter daneben, am anderen Ende seines Blickfelds, ragte steil und nackt ein Sendemast für Funktelefone in den Himmel. Leuchtenberg registrierte, dass dieser die Türme der Moschee überragte, und seltsamerweise beruhigte ihn diese Beobachtung.

*

Das Taxi kam gut voran. Nach zwanzig Minuten sah er zum ersten Mal das Wasser des Marmarameeres. Es lag still und glänzend in der Sonne. Leuchtenberg drehte das Fenster herunter, und eine warme Brise Meeresluft füllte das Wageninnere. Er atmete tief ein und freute sich über den salzigen Geschmack.

Der Fahrer wies mit dem Finger auf eine Mauer, oben am Berg, auf der linken Seite, die eine Art Grünanlage umschloss.

»Topkapi, Topkapi«, sagte der Fahrer und wies mit dem Finger nach oben.

Leuchtenberg erinnerte sich an den Film, den er zusammen mit Sehin und den anderen gesehen hatte. Eine Gaunerkomödie. Eine Gruppe von Meisterdieben bricht nachts in diese Anlage ein, um den wertvollen Topkapi-Dolch zu stehlen. Im Knauf des Dolches, so erinnerte er sich, waren drei große, dunkelgrün schimmernde Smaragde eingearbeitet, den Schaft schmückten unzählige Brillanten. Natürlich geht alles schief, und sie landen in einem türkischen Gefängnis. Zum Schluss drehen sie ihre Runden in einem winzig kleinen Hof und planen den nächsten Coup.

Wer spielte in dem Film mit? Es war schon lange her. Doch, er erinnerte sich an Peter Ustinov, der ängstlich und von Höhenangst geplagt über die Zinnen der Festung klettert; der junge Maximilian Schell, der vergebens versucht, ihm Mut einzuflößen, und dann war da noch Melina Mercouri, ihr zuliebe wollten sie den Dolch stehlen.

Das waren noch gute Zeiten gewesen, dachte er. Sie lagerten damals vor dem Fernseher im Wohnzimmer von Ilses Eltern. Fred war da, Herbert auch, bei den anderen war er sich nicht mehr sicher. Aber er erinnerte sich genau an Sehin, die sich bei den ersten Bildern von Istanbul aufrichtete, ihn am Arm packte, mit dem Finger auf den Bildschirm deutete und ihm auf Türkisch Dinge sagte, die er nicht verstand. Fast schien es ihm, als könne er den aufgeregten Griff nach seinem Arm immer noch spüren. Nach *seinem* Arm, nicht nach Freds Arm hatte Sehin gegriffen.

Das hatte ihn glücklich gemacht. Und auch jetzt, als er an diese Szene dachte, lächelte er.

Das Taxi fuhr langsamer.

»Stau, immer Stau in Istanbul«, sagte der junge Mann am Steuer. Stoßstange an Stoßstange fuhren die Autos im Schritttempo.

Der Verkehr hatte zugenommen, und auf den Bürgersteigen gingen die Menschen dicht gedrängt. Hier und da saß ein Schuhputzer, und Leuchtenberg sah zwei Handkarren, aus denen Sesamkringel verkauft wurden. Er erinnerte sich an ihren Geschmack. Sehins Vater hatte hin und wieder selbst Sesamkringel gebacken, und sie hatten den Geschmack mit dem von Laugenbrezeln verglichen. Sehin kämpfte immer für das türkische Gebäck, und Ilse sprach ebenso entschieden dagegen.

Durchs Wagenfenster sah Leuchtenberg Schiffsanlegestelle neben Schiffsanlegestelle. Ein zweistöckiges Fährboot legte an, die Menschen standen bereits an der Reling, und zwei Männer sprangen von Bord, bevor das Schiff vertäut war. Dann wurde eine Landungsbrücke an Bord geschoben, und eine Menschentraube quoll eilig aus dem Boot. In schnellen Schritten stürmten die Passagiere den Bürgersteig entlang, als wären sie einem Unglück entronnen.

Jäh stieg ihm der Geruch von Fisch in die Nase. Leuchtenberg richtete sich auf, beugte sich vorsichtig aus dem Wagenfenster und sah einen Pulk von Menschen vor einem kleinen Boot mit lindgrünem Rumpf stehen. *Balikçi Genç Osman* stand in großen roten Lettern auf einer Art Baldachin, der das Boot überwölbte. Auf dem Bug prangte in tiefem Rot der türkische Halbmond. In der Mitte des Bootes sah Leuchtenberg einen riesigen metallenen Ofen, dessen Rohr seitwärts den Rauch des offenen Feuers abgab, und auf dem Feuer lag eine Platte, auf der zwei Männer in braunen Lederjacken frische Fische in der Hitze wendeten. Ein dritter Mann in einer grauen Jacke sprang vom Kai an Bord und empfing von einem der beiden einen gebratenen Fisch, der in Zeitungspapier gewickelt war. Er sprang ans Ufer zurück und gab dem ersten Mann in der Schlange den Fisch, und Leuchtenberg sah, wie ein Geldschein den Besitzer wechselte.

Das Taxi bog rechts ab und kam nun wieder schneller voran. Sie befanden sich auf der Auffahrtsrampe einer Brücke, und Leuchtenberg bot sich ein verblüffendes Bild: Auf der Brücke standen dicht gedrängt Angler neben Angler, und sie hielten einen Wald von Angelruten in die Luft. Leuchtenberg vermutete, dass sich die Schnüre dieser vielhundert Ruten unten im Wasser heillos verwirren müssten, so dicht standen die Männer nebeneinander. Einer von ihnen hatte gerade die Schnur mit der Kurbel eingeholt, und Leuchtenberg sah sieben oder acht fingergroße Fische an den Haken blitzen. Der Angler, ein älterer Mann in dunkler Hose und schwarzem Shirt, nahm sie sorgfältig ab.

»Goldenes Horn«, sagte der Fahrer, »wir fahren übers Goldene Horn.«

Und wieder fiel ihm Sehin ein, die ihnen damals von dem Goldenen Horn und dieser Brücke erzählt hatte. Sie hatte ihnen auch den Namen der Brücke genannt, aber Leuchtenberg hatte ihn vergessen.

»Wie heißt diese Brücke?«

»Galata Köprüsü«, sagte der Fahrer, »die Galatabrücke von Deutschen gebaut.«

Leuchtenberg nickte. Er nahm sich vor, einen Buchladen zu suchen und einen Reiseführer zu kaufen.

Sie verließen die Galatabrücke mit dem Spalier der Angler und fuhren auf einer breiten Straße bergauf. Kurz danach bog der Wagen in eine Seitenstraße, und wenige Minuten später hielt das Taxi.

»Pera Palas«, sagte der Fahrer, »Sie sind da.«

Pera Palas

Unter normalen Umständen hätte Leuchtenberg sich ein solches Hotel nicht leisten können. Es kostete ihn 220 Euro pro Übernachtung, und er hatte für zehn Tage gebucht. In fünf Tagen würde hier die Modenschau stattfinden, und er hoffte, Sehin zu finden und dann noch einige Tage mit ihr in Istanbul zusammen zu sein. Alles Weitere würde man sehen.

Der Mann an der Rezeption sprach Deutsch ohne einen erkennbaren Akzent. Er verlangte von Leuchtenberg den Reisepass, warf einen prüfenden Blick auf das Dokument und schloss es weg. Ein livrierter Diener nahm seinen Koffer, und Leuchtenberg verfolgte den Mann mit misstrauischem Blick, bis er samt Koffer verschwunden war.

Ein anderer Mann führte ihn zu einem alten Aufzug, der ganz aus Holz gefertigt schien und dessen Kabine mit einem farbigen Jugendstilfenster ausgestattet war. Ein Liftjunge sprang herein und brachte sie in den ersten Stock. Sie schritten durch einen breiten, mit roten Teppichen ausgelegten Flur, und sein Begleiter schloss das Zimmer mit dem Namen *Mary, the former Queen of Roumania* auf, er war eingraviert auf einer kleinen Messingtafel an der Türe. Das Zimmer? Queen Marys Zimmer entpuppte sich als äußerst luxuriöse Suite. Zunächst standen sie in einem Ankleideraum, den Leuchtenbergs Begleiter zügig durchschritt. In dem nachfolgenden Raum befanden sich zwei Betten aus dunklem Holz, ein Schminktisch im gleichen Farbton mit einem riesigen, runden Spiegel sowie eine Sitzgarnitur, die auf einem rotbraunen Kelim gruppiert war. Neben der Couch stand bereits sein grüner Koffer. Leuchtenberg sah dessen abgestoßene Kanten und kam sich in diesem Augenblick selbst etwas schäbig vor.

Sein Begleiter reichte ihm die Zimmerschlüssel und wünschte ihm einen angenehmen Aufenthalt im Pera Palas. Er blieb noch einen Augenblick stehen, und Leuchtenberg wusste, ein Mann von Welt würde nun lässig in seine Hosentasche greifen, einen angemessenen Geldschein herausziehen und dem Hotelpagen mit einer beiläufigen Geste in die Hand drücken, und dieser würde den Schein ebenso beiläufig einstecken. Aber er war kein Mann von Welt, und er kannte sich mit dem türkischen Geld und seinen unendlich vielen Nullen nicht aus. Was wäre jetzt der angemessene Betrag?

So verharrten die Männer einen Augenblick unschlüssig wartend, bis der Hotelangestellte aufgab und sich mit einem freundlichen Gruß zurückzog.

Leuchtenberg erkundete seinen Wohnraum. Vor den Fenstern war ein kleiner Balkon mit orientalisch anmutendem Geländer. Der Blick fiel direkt auf die ansteigende Straße, auf der er mit dem Taxi angereist war, und der Verkehrslärm drang zu ihm ins Zimmer, sodass er die schwere Tür wieder schloss. Sie klemmte ein wenig, knarrte sogar laut, ein wenig Öl würde ihr gut bekommen.

Das Bad war so groß wie der Wohnraum, blau und weiß gekachelt mit einer riesigen Badewanne und altertümlich wirkenden Armaturen.

Leuchtenberg ging zurück und legte sich auf das Bett. Er starrte zur Decke.

Jetzt bin ich in Sehins Stadt. Dann dachte er an Ilse und Ute. Irgendwann schlief er ein, der Verkehrslärm weckte ihn, und zwischen Schlafen und Wachen drängte sich die Erinnerung an den Tag, als er Sehin zum ersten Mal sah.

*

Der Einzug der ersten türkischen Familie in ihrer Straße hatte die Nachbarschaft in der Unteren Bahnhofstraße in zwei gleich große Parteien aufgespalten. Horst Becker und seine Frau bildeten den Kern der Gruppe derer, die den Einzug der türkischen Familie vehement ablehnten. Sie wohnten am längsten in der Unteren Bahnhofstraße und fühlten sich durch die neuen Nachbarn, die sie »das Gelumpe« nannten, beleidigt, noch bevor sie sie das erste Mal gesehen hatten.

»Jetzt schicken sie uns schon das Gelumpe aus der Filterfabrik hierher«, sagte Horst Becker zu den Männern, die sich abends häufig an der Tür zu Reinholds Garten einfanden, zu der Zeit, als die Männer der Straße sich abends noch irgendwo trafen.

Die Filterfabrik war damals der größte Arbeitgeber der Stadt, auch für viele Männer aus der Unteren Bahnhofstraße. An ihren Stanzmaschinen, die Tag und Nacht die Luft- und Ölfilter für Daimler und BMW, für MAN und VW pressten, schufteten schon damals viele Türken. Sie waren fast alle in den langen Baracken untergebracht, die auf dem Werksgelände zwischen der Hauptpforte und dem Parkplatz standen. Nun aber holte Adem Kaya Frau und Tochter nach Deutschland, und die Wohnungsbaugenossenschaft hatte ihm das kleine Haus in der Unteren Bahnhofstraße vermietet.

Auch wenn die zweite Gruppe in der Straße Ausländern gegenüber milder gestimmt war, begrüßte sie den Einzug der Kayas keineswegs einmütig. Diese Nachbarn waren meist Flüchtlinge, die unmittelbar nach dem Krieg aus den deutschen Ostgebieten in die kleine sonnige Stadt im Süden Deutschlands geflohen waren, und sie erinnerten sich noch gut an die Beschimpfungen und Demütigungen, denen sie selbst damals ausgesetzt waren. Noch heute erzählten sich die Frauen hinter vorgehaltener Hand, wie Frau Becker oft die Metzgerei betreten, sich an den wartenden Flüchtlingsfrauen vorbeigedrängt und vor der Theke aufgebaut hatte: »Mein Mann schafft beim Gehring auf dem Büro. Geben Sie mir das magerste Stück Filet.«

Die Standhaftigkeit der zweiten Gruppe wurde einer ernsten Belastungsprobe unterzogen, als einige Nachbarn den Vertreter von Wüstenrot mehrmals bei den Kayas ein- und ausgehen sahen und das Gerücht, Adem Kaya habe zwei Bausparverträge abgeschlossen, sich wie ein Lauffeuer in der Straße verbreitete. Plötzlich wurde allen klar: Die türkische Familie würde bleiben, sie waren keine Gastarbeiter mehr. Man musste sich an den Gedanken gewöhnen: Die Kayas waren gleichwertige Arbeitskollegen und Nachbarn.

Der beim Einzug der Kayas erst neun Jahre alte Andreas Leuchtenberg erinnerte sich noch gut: Es war Sommer, heiß, der Einzug der türkischen Familie war wochenlang am Stammtisch *Im Grünen Baum*, bei den Kaffeekränzchen der Frauen und an jedem Abendtisch besprochen worden. Doch die Straße schien unbewohnt zu sein, als der Opel Blitz in der Unteren Bahnhofstraße 11 vorfuhr und fünf schwarzhaarige und dunkelhäutige Männer aus dem Kombi sprangen. Sie rissen die hintere Tür auf und trugen Möbel und Geschirr, Wäsche und einen alten Kühlschrank hinein, schleppten zu viert eine Waschmaschine in den Keller und wuchteten dann eine komplette Schrankwand aus dem LKW, damals der letzte Schrei.

Die kostbarsten Gegenstände trug Adem Kaya selbst ins Haus. Andreas hatte die Stirn gegen die Scheibe des Küchenfensters gedrückt und zu seiner Mutter aufgesehen, die hinter dem Vorhang stand und das Treiben auf der anderen Straßenseite beobachtete.

»Einen Samowar haben die«, sagte sie, »einen richtigen Samowar.«

Sie hatte ihren Sohn vorsichtig ein Stück hochgehoben, und er sah einen drahtigen Mann mit einem kräftigen schwarzen Schnurrbart, der ein goldenes Gefäß ins Haus trug. Natürlich hatte er damals geglaubt, es bestünde aus reinem Gold.

»So viele Teppiche haben die«, hatte seine Mutter gesagt, und der kleine Andreas hörte deutlich eine Spur von Neid in ihrer Stimme.

Sehin sah er zwei Tage später das erste Mal. Leuchtenberg erinnerte sich, an diesem Tag war er krank und musste nicht zur Schule. Er wusste noch, dass er alleine zu Hause war und aus dem Küchenfenster blickte, als sich im Haus gegenüber die Tür öffnete und ein Mädchen heraustrat – ein Mädchen, wie er noch keines in seinem Leben gesehen hatte.

Sehin trug nichts Besonderes, nur ein einfaches blaues Kleid, weiße Kniestrümpfe und weiße Schuhe. Andreas fielen als Erstes die schwarzen Haare auf, die von ihrem Kopf fluteten und von einigen bunten Schnüren mühsam zu zwei Zöpfen gebunden waren. Die Menge der Haare und ihre Widerborstigkeit schienen die Schnüre sprengen zu wollen und gaben ihrer Erscheinung etwas Wildes und Freies, wie man es in der Unteren Bahnhofstraße noch nie gesehen hatte.

Was Andreas dann in seinen Bann zog, war die hellbraune Haut des Mädchens. Und die dunklen Augen, die nun lebhaft und vorsichtig nach allen Seiten Ausschau hielten, als sie den Bürgersteig erreichte.

In diesem Augenblick wurde ihm klar, dass in dem Haus nebenan eine Prinzessin eingezogen war, die in Räumen wohnte, die mit Teppichen ausgelegt waren, und die aus einem geheimnisvollen Gefäß aus Gold trank, das Andreas Mutter »Samowar« genannt hatte.

Die Straße lag matt in der mittäglichen Sommerhitze, und die Prinzessin auf der anderen Seite schien sich nicht für eine Richtung entscheiden zu können. Sie stand unschlüssig am Straßenrand und schlenkerte mit einem Bein. Andreas sah ihr mit angehaltenem Atem zu, und er überlegte, ob er jetzt auch auf die Straße gehen sollte. Er könnte den gelben Fußball mitnehmen, sodass sein Erscheinen gänzlich zufällig und ungeplant aussähe.

Da wandte sich die Prinzessin nach rechts und schlenderte an dem Vorgarten von Freds Eltern vorbei bis zu dem Haus der Beckers. Dort blieb sie unschlüssig stehen und schien zu überlegen. Doch plötzlich zog sie ihr Unterhöschen bis zu den Knöcheln herunter und hockte sich an den Straßenrand.

»Dann habe ich einfach Pippi gemacht«, sagte sie ihm Jahre später, als sie in ihrem Versteck unter dem Fliederbusch lagen und sie sich wieder und wieder ihr Leben erzählten, und wieder und wieder erzählten, wann jeder den anderen zum ersten Mal gesehen hatte.

»Weißt du«, sagte sie, »ich erinnere mich noch an die Hitze und an den Geschmack des Staubes der Straße. Alles war so wie zu Hause, in dem Vorort von Istanbul, der wie ein Dorf war. Und dort erledigten wir als Kinder diese

Dinge so. Und so machte ich es auch – vor dem Haus der Beckers.«

Damals hatte Frau Becker im zweiten Stock ein Fenster aufgerissen, und eine Flut von Beschimpfungen ergoss sich auf das hockende Türkenkind am Straßenrand, so laut und gemein, dass Andreas sich hinter dem Küchenfenster die Ohren zuhielt.

Frauenschenkel

In der Suite *Mary, the former Queen of Roumania* war es mittlerweile dunkel geworden, und Leuchtenberg lag noch immer auf dem Bett. Erinnerungsfetzen trieben durch sein Hirn wie Herbstwolken.

Schließlich meldete sich der Hunger. Erst als leichter Schmerz, doch dann mit so deutlichem Knurren, dass ihm klar wurde, er musste etwas essen. Aber was?

Keine Lust auf Döner, dachte er, aber vielleicht finde ich ja irgendwo ein internationales Lokal. Oder ich esse im Hotel. Aber das ist bestimmt sündhaft teuer. Ich werde an der Rezeption fragen, vielleicht nach einem Italiener oder einem Chinesen, das wird es doch in der Stadt irgendwo geben. Alles, nur kein Döner. Hammelfleisch – Leuchtenberg schüttelte sich innerlich und stand auf.

Er bemerkte nicht den kurzen, erstaunten Blick des Portiers, als er nach einem italienischen Lokal fragte. Der Mann zog unter dem Pult einen Stadtplan im DIN-A5-Format hervor.

»Unser Hotel ist hier«, sagte er und markierte mit dem Kugelschreiber ein Kreuz, irgendwo mitten auf dem Plan, so schien es Leuchtenberg.

»Sie gehen vom Hotel aus links, fünfzig Meter den Berg aufwärts und biegen dann rechts in die Passage, die zur İstiklâl Caddesi, zur İstiklâl-Straße führt. Sie erkennen sie an den Straßenbahnschienen in der Mitte, sonst ist die İstiklâl Caddesi eine reine Fußgängerstraße. Gehen Sie die Straße links entlang, bis zu ihrem Ende, dann kommen Sie zum

Taksim Meydanı, zum Taksim-Platz. Dort befinden sich viele internationale Lokale.«

Wieder machte der Kugelschreiber des Portiers ein Kreuz irgendwo auf dem Stadtplan.

Aber »internationale Lokale« – das klang gut.

Er bedankte sich, schob den Stadtplan in die Jacketttasche und trat ins Freie.

Obwohl es bereits dunkel war, herrschte eine milde Temperatur. Er würde keinen Mantel brauchen. In der schmalen Straße vor dem Hotel stauten sich die kleinen gelben Taxis, ein großer Mercedes schwamm träge in dem Strom mit und versuchte links in eine kleine Gasse einzubiegen, was ihm erst nach einem zweiten Anlauf gelang.

Er fand die Passage ohne Mühe, durchschritt sie und blieb überrascht stehen. Er befand sich auf einer eleganten, rechts und links mit Bäumen gesäumten Einkaufsstraße, und in dem gepflasterten Mittelteil liefen die schmalen Schienen einer Straßenbahn. Die Straße, nicht so breit, sondern für eine Shoppingmeile nahezu heimelig, schlang sich mit leichten Kurven auf dem Sattel eines Hügels. Große Prachtbauten, sorgfältig renoviert, erzählten von den großen Zeiten der Stadt, nur einige Bausünden aus Glas und Eloxal unterbrachen hin und wieder die beeindruckende historische Fassadenfront.

Leuchtenberg, der stehen geblieben war, um dieses unerwartete Bild in sich aufzunehmen, wurde von einem Mann angerempelt, der sich sofort höflich entschuldigte und weiterging. Nun stand er mitten auf der Straße, die belebter war als andere Straßen, die er von Deutschland her kannte. Er wandte sich nach links und ließ sich vom Strom treiben.

Nach einer Weile blieb er wieder stehen. Die Menschen

auf dieser Straße sahen völlig anders aus als die Türken, die mit ihm im Flugzeug gesessen hatten. Hier gab es weder die ausgemergelten Männer mit ihren seltsamen Bärten noch die dicken Frauen in den Rundum-Mänteln. Es waren vor allem junge Menschen, die durch die Straße flanierten. Auch zwei Liebespaare, so ineinander versunken, dass sie die anderen Fußgänger kaum wahrnahmen. Vor einem Bankautomaten standen zehn Männer und Frauen und warteten geduldig, bis sie an die Reihe kamen. Einige junge Burschen zogen lachend an ihm vorbei und trugen bauchige Gitarren, die sie über die Schulter gehängt hatten. Drei Mädchen, zwei in Hüfthosen mit freier Taille, gingen Arm in Arm auf den Eingang eines großen Kinos zu.

Sein Hunger meldete sich erneut, drängender als zuvor. Ein Lokal im Erdgeschoss eines alten Hauses zog ihn an. Hinter der Glasscheibe der großen Holzfassade dampfte es. Leuchtenberg trat näher. Zwei Köche hantierten hinter der beschlagenen Scheibe; in weißen Schürzen und mit Kochmützen auf dem Kopf kochten sie vor den Augen des Publikums. Um sie herum Schüsseln und Schalen mit frisch geschnittenen Tomaten, Paprika und Zwiebeln. »Piknik Köfte« stand in goldenen Buchstaben über der Glasscheibe. Im Lokal wartete eine Schlange von hungrigen Kunden, die bis zum Ausgang des Lokals reichte. Leuchtenberg schlenderte weiter.

Er kam an einem Café mit dem Namen »Rio Bravo« vorbei, aber dessen Angebot schien ihm für seinen Hunger, der ihn nun deutlich im Bauch zwickte, nicht das Richtige zu sein.

Auf der Rechten tauchte ein Buchladen auf. Das Schaufenster schien mit nur einem Buch dekoriert, dessen Cover als Plakat vergrößert fünffach nebeneinander hing.

Das Foto auf dem Umschlag zeigte das ernste Gesicht eines Jungen mit wachen, neugierigen Augen. Er trug ein dunkles Jackett und Krawatte. Im Hintergrund Istanbul, Leuchtenberg erkannte das Goldene Horn und eine große Moschee. »Istanbul« lautete auch der Titel des Buches; der Autor hieß Orhan Pamuk. Leuchtenberg trat näher an das Schaufenster, um den Namen lesen zu können. Vielleicht, dachte er, gibt es dieses Buch auch auf Deutsch, und er betrat den Laden.

Wieder wurde er auf Deutsch angesprochen und wieder fragte er sich, woran alle hier seine Nationalität erkannten. Nein, das Buch sei noch nicht in andere Sprachen übersetzt worden, weder ins Englische noch ins Deutsche. Er verließ den Laden.

Leuchtenberg schob sich durch die Menschenmenge auf die andere Seite der Straße und sah den schmalen Eingang zu einer Passage, aus der helles Licht und Essensgerüche drangen. Kaum dass er den Eingang der Passage durchschritten hatte, bot sich ihm ein überwältigender Anblick.

Rechts und links bogen sich die Stände unter dem Gewicht von Kisten und Kästen voll mit frischen Tomaten und Zucchini, Kürbissen, Gurken, Paprika, Zwiebeln und Knoblauch, Spinat, Rote Bete und Lauch und einigen Gemüsearten, die er noch nie gesehen hatte. Hausfrauen drängten sich an den Ständen, aber auch eine fast gleich große Zahl Männer, welche die Waren prüften, die Qualität diskutierten, abwogen und kauften. Einige Meter weiter hielten Fischhändler ihre Waren feil. Ilse hatte ihm immer wieder eingeschärft, beim Einkauf auf die Frische zu achten. Wenn die Augen eines Fisches klar seien, dann sei der Fisch frisch, hatte sie ihm gesagt. Hier sah er kein einziges trübes Auge. Auf den Schildern las er die Namen: Kalkan hieß ein platter Fisch; Levrek hießen die kleinen Fische, die denen ähnelten, die die Angler an der Galatabrücke erbeuteten; Kirlangiç sah aus wie ein kleiner Drache, und die Palamut waren noch kleiner als der Levrek.

Ein Verkäufer deutete sein Interesse als Kaufabsicht und erklärte ihm die Fische sofort auf Deutsch: Das sind Makrelen, die kennen Sie aus Deutschland, aber diese haben heute Morgen noch gelebt! Meeräsche ist dieser, hier frischer Steinbutt, dort Dorade und hier – er zeigte auf zwei riesige Fischleiber: der frischste Thunfisch Europas und der frischste Schwertfisch auch.

Andere Stände waren übervoll mit Langusten, Kalmaren und Garnelen.

Leuchtenbergs Hunger war inzwischen quälend.

Rechts bog eine schmale Gasse ab, in der einige Restaurants ihre Kunden mit großen Tafeln lockten. Leuchtenberg konnte die Namen der angebotenen Speisen nicht deuten, aber sobald er die Gasse betreten hatte, stürmten aus den nächstgelegenen Lokalen Kellner und sprachen ihn auf Deutsch an: »Kommen Sie herein, mein Herr, hier gibt es den besten Fisch der Türkei, gerade erst gefangen!« Leuchtenberg blickte sich um, er stellte fest, dass er der einzige Tourist weit und breit war, mit Ausnahme eines amerikanischen Pärchens, das in bunten Shorts weiter unten an einem Tisch saß, Efes-Bier trank und sich so laut unterhielt, dass er für einen Augenblick dachte, die beiden seien ein Ehepaar und stritten sich. Er trat ein.

*

Leuchtenberg sah, wie die Kellner aus der Küche hasteten. Auf dem linken Arm trugen sie alle ein rundes Tablett, auf dem sich sieben kleine Schalen mit verschiedenen Vorspeisen befanden.

Leuchtenberg musste plötzlich laut lachen, und der kleinste Kellner, der gerade an ihm vorbeisauste, blickte ihn verwundert an. Leuchtenberg schüttelte den Kopf und hob die Hand zu einer entschuldigenden Geste: Nein, er lachte nicht über ihn. Das Treiben im Lokal hatte ihn an damals erinnert, an das, was sich ereignete, als sie den *Orient-Express* im Fernsehen hatten schauen wollen.

Sehin hatte ihnen lange vorher angekündigt, dass der Film im Fernsehen käme, und sie hatte aus dem Schichtplan der Filterfabrik errechnet, dass ihr Vater an diesem Tag in der Spätschicht arbeiten würde. Das bedeutete, er würde erst kurz vor halb elf nach Hause kommen, aber bis dahin mussten die meisten von ihnen ohnehin zu Hause sein, Herbert vielleicht ausgenommen, auf den seine Eltern ohnehin wenig achteten.

So versammelten sich fünf Jungs und zwei Mädchen, Sehin und Ilse, auf dem Kelim, der in Kayas Wohnzimmer vor dem Fernseher lag, und warteten, dass die Tagesschau endlich vorbei war und der Film begann.

Die erste Einstellung in Istanbul zeigt eine Anlagestelle am Bosporus. Vanessa Redgrave fährt in einem schicken roten Sportwagen vor. Lächelnd steigt sie aus, und sofort umringen sie Händler, die ihr Blumen und Halsketten verkaufen wollen. Freundlich lehnt sie ab und stolziert an Bord.

»Üsküdar, das ist Üsküdar!«, jubelte Sehin, und wie immer, wenn ihr etwas wichtig war, wandte sie sich an Andreas.

»Ützliha«, äffte Fred sie nach, und Ilse lachte.

»Das ist die Anlegestelle auf der asiatischen Seite«, rief Sehin.

An Bord wartet bereits der belgische Detektiv Hercules Poirot in Begleitung eines englischen Offiziers. Dieser bedankt sich überschwänglich, dass der kleine, aber weltberühmte Ermittler die Ehre der englischen Garnison in Jordanien gerettet habe.

Während der Offizier sich vergebens abmüht, von Poirot zu erfahren, wie er das Geständnis des Brigadiers erreicht habe, drängelt sich Sean Connery durch eine Schafherde zum Bootssteg, betritt die Fähre und nimmt die stolze Vanessa in den Arm. Natürlich entgeht Poirot dies nicht. Das Boot legt ab, und die Kamera zeigt die Stadtansicht von Stambul im Sonnenuntergang. Andreas erinnerte sich noch genau, wie andächtig die Kinder, die bäuchlings auf dem Kelim vor dem Fernseher lagerten, diese Bilder in sich aufsogen.

Das Unwetter entlud sich im Wohnzimmer der Kayas, als der belgische Detektiv in der nächsten Szene in einem vornehmen türkischen Restaurant speist. Ein anderer Mann, der Eigentümer des Orient-Express und mit Poirot befreundet, betritt das Lokal, und die beiden begrüßen sich herzlich.

»Sie haben mich vor einem Tobsuchtsanfall bewahrt«, ruft der belgische Detektiv. Ein Kellner legt dem Dazugekommenen eine Speisekarte auf den Teller. Poirot zerreißt sie und wirft die Fetzen im Lokal umher.

»Die Spieße sind besser als das Aufgespießte. Die Flasche ist vornehmer als der Inhalt!«

Sehin saß plötzlich stocksteif vor dem Fernsehapparat.

Die Figur im Fernsehen tobte weiter.

»Und der Kaffee … bäh!«

Die kleine Mann auf dem Fernsehschirm nimmt seine Tasse und schüttet den Kaffee auf den Boden.

»Gott sei Dank bin ich nach London beordert worden«, kräht Poirot.

Sehin sprang auf.

»So ein Arschloch!«, brüllte sie, und die anderen sahen sie erschrocken an.

Fred kicherte.

»So ein Arschloch«, schrie sie wieder, und nun schwieg auch Fred.

»Was redet der da über türkisches Essen? Jeder weiß doch, dass wir am besten kochen auf der ganzen Welt!«

»Na ja«, sagte Ilse spöttisch.

Sehin sah sie wütend an.

Dann sprang sie auf und rannte in die Küche. Fred stand langsam auf, um ihr zu folgen, aber als Andreas sich mit einem Arm aufstützte, um sich ebenfalls zu erheben, ließ Fred sich wieder zurücksinken.

Leuchtenberg wusste nicht mehr, was Sehin alles aus der Küche anschleppte. Er erinnerte sich nur noch, dass es zahlreiche Unterteller waren, auf denen sich kleine Portionen von Gerichten befanden, die er zuvor noch nie gesehen hatte. Während die Personen der Reisegesellschaft auf dem Fernsehschirm nacheinander den Orient-Express bestiegen, stellte Sehin ihre Tellerchen auf den Kelim, rannte in die Küche zurück und füllte neues Essen auf neue Unterteller. Während der Schaffner die Türen schloss und der Zug den Bahnhof von Istanbul verließ und einem Mord entgegenfuhr, scharten sich sieben Jugendliche um die von Sehin aufgestellten Vorspeisen.

Leuchtenberg kniff die Augen zusammen und versuchte sich an den Geschmack der Speisen zu erinnern. Aber die Namen der Gerichte, die Sehin ihnen anbot, hatte er nicht vergessen.

»›Der Imam fiel in Ohnmacht‹«, trumpfte sie auf.

»Und das ist ein ›Frauenschenkel‹«, sagte sie, und alle kicherten.

»Und das sind ›Mädchenbrüste‹«, fuhr sie fort, und nun prusteten alle erst recht los. Nur Sehin nicht. Sie fuhr fort, ihnen die Gerichte ihrer verlorenen Heimat zu erklären.

*

»Die Speisekarte, mein Herr«, sagte der kleine Kellner und reichte sie ihm.

Leuchtenberg nahm sie dankend, schlug sie auf und suchte nach einer deutschen Speise, als er keine fand, nach einer, die irgendwie deutsch klang.

Andreas, du bist ein Spießer, flüsterte Sehin aus einer undichten Stelle seines Unterbewusstseins ihm zu. Jetzt bist du in meiner Stadt und jetzt iss gefälligst, was wir alle hier essen.

Er winkte den Kellner heran.

»Sagen Sie, haben Sie auch eine Speise, die …«, er zögerte einen Augenblick und musste all seinen Mut zusammennehmen, »die … ›Frauenschenkel‹ heißt?«

Der Kellner schaut ihn verdutzt an und schaute sich Hilfe suchend nach seinem Kollegen um.

Ein rundlicher Koch in weißer Schürze stellte sich zu ihnen. Die beiden Männer sprachen auf Türkisch miteinander.

Dann sagte der Kellner zu Leuchtenberg: »Wir servieren Ihnen gerne den Frauenschenkel als Hauptgericht. Aber vielleicht wollen Sie zuerst unsere Vorspeisen sehen.«

Leuchtenberg nickte. Ja, das wollte er, und der Kellner verschwand, kam zurück und präsentierte ihm das Tablett mit den sieben Vorspeisen. Er zeigte auf die erste der ellipsenförmigen Schalen, die eine gelbbraune Paste enthielt. Ein milder Duft von Olivenöl, Zitrone und Paprika zog in seine Nase, und sein Magen reagierte sofort mit einem entschiedenen Knurren.

»Kaltes Auberginenpüree«, sagte der Mann, »mit Zwiebeln, geriebenen Tomaten, zerdrückten …«

Leuchtenbergs Magen knurrte nun so laut, dass er fürchtete, jedermann im Lokal habe es gehört.

»Das nehme ich«, sagte er schnell.

»Gurken-Joghurt«, sagte der Kellner und wies auf die nächste Schale. »Den bereiten wir zu mit viel frisch gehacktem Dill und …«

»Nehme ich auch.«

Dann zeigte der Kellner auf eine Schale mit gefüllten Weinbergblättern. Leuchtenberg kannte diese Speise aus dem griechischen Lokal, in das er früher öfter mit Ilse gegangen war.

Auf der nächsten Schale lagen halbierte Auberginen, kombiniert mit Paprika, Tomaten, Kräutern, Zwiebeln, Knoblauch und sehr viel Olivenöl. Auch dieses Gericht hatte Leuchtenberg schon einmal gesehen, er hatte sogar davon gegessen, damals, im Hause der Kayas. Ja, das war doch …

»›Der Imam fiel in Ohnmacht‹«, sagte er zu dem Keller. Dieser blickte ihn überrascht an, dann lachte er und servierte ihm auch diese Schale.

»Raki?«, fragte der Kellner.

»Raki«, bestätigte Leuchtenberg.

*

Zwei Stunden später marschierte er gut gelaunt auf die İstiklâl Caddesi zurück. Er wusste, er musste sich nur nach rechts wenden und würde dann die Passage finden, um zum Pera Palas zurückzukehren.

Der Raki beschwingte ihn, das Essen belastete ihn nicht. Die ›Frauenschenkel‹ hatten vorzüglich geschmeckt: kleine Fleischküchlein, die aus ausgebratenem Fleisch, Reis und frischem Hack geknetet und mit vielen orientalischen Kräutern gewürzt waren. Er schmeckte noch den Zimt, mit dem diese Frauenschenkel bestrichen worden waren.

Nachts, im Wechsellicht ihrer traditionellen und modernen Straßenlaternen, wirkte die İstiklâl Caddesi noch vornehmer als am Tage. Immer noch war sie belebt, junge Leute kamen aus den Kinos oder Theatern, andere standen vor den Schaufenstern von Prada, Benetton, Levi Strauss oder vor türkischen Geschäften mit der neuesten Mode.

Leuchtenberg ließ sich treiben. Er trat beiseite, als er ein Schellen hörte, und ließ die rote, nostalgisch wirkende Straßenbahn an sich vorbeifahren. »Tünel« stand auf der Frontseite als Fahrtziel. Er nahm sich vor, am nächsten Tag zu erkunden, was »Tünel« bedeutet. Vielleicht ein Tunnel?

Bald erkannte er, dass er die Passage verpasst hatte, die ihn zum Hotel zurückführen sollte. Er kehrte um, lief zurück, aber er fand den Durchgang nicht.

Und jetzt?

Keine Panik, dachte er. Weit kann das Pera Palas nicht sein. Es muss auf der linken Seite liegen. Und wenn ich die Passage nicht finde, gibt es bestimmt noch einen anderen Durchlass in diese Richtung.

Er verließ die Prachtstraße und bog in eine schmale Gasse ein, in der immer noch einige Gemüsehändler ihre Waren anboten. Doch schon nach wenigen Metern erleuchtete die İstiklâl diese Gasse nicht mehr, es wurde dunkel und still.

Vorsichtig ging Leuchtenberg die schmale Straße weiter hinab und mahnte sich zur Ruhe. Er erschrak, als er um einen oder zwei Sack Müll kleine, sich bewegende Schatten erblickte, aber das waren nur einige Katzen auf der Suche nach einem späten Leckerbissen.

Nun musste er einige Stufen gehen und gelangte auf eine Querstraße, doch die, dachte er, führt mich nicht zum Hotel, und so ging er geradewegs den dunklen Pfad weiter.

An dem übernächsten Haus schimmerte ein schwacher Lichtschein aus dem Eingang, und Leuchtenberg nahm eine weibliche Gestalt wahr, die dort stand und eine Zigarette rauchte. Er ging vorsichtig weiter. Aus dem Schatten löste sich eine zweite Gestalt, offenbar auch eine Frau, die direkt vor ihm die Gasse überquerte und zu der ersten Frau ging, die ihr eine Zigarette und Feuer gab.

»Ssst«, machte es hinter ihm.

Er fuhr herum und starrte in die aufgerissenen, stark geschminkten Augen einer dunkelhaarigen Frau, deren Gesicht von starker Akne entstellt war. Ihre Haare hingen bis zur Hüfte, lagen auf einem kurzen dunklen Rock, der so eng war, dass sich das Fleisch ihrer nackten Hüfte über einem breiten Nietengürtel wölbte. Und dann sah er, dass sie große schwarze Stulpenstiefel trug.

Verstört beschleunigte er seinen Gang und schaute sich um.

Immerhin folgte ihm niemand, und dort vorne sah er Licht.

Er gelangte auf einen kleinen Platz, auf dem vier Friseurläden immer noch geöffnet hatten. Die Barbiere hatten gut zu tun, jeder von ihnen schnitt einem Kunden die Haare oder rasierte ihn. In den an der Wand aufgereihten Sesseln warteten weitere Männer. Ein kleiner runder Friseur beendete gerade eine Rasur, indem er einen Mann mit dunkelblauem Anzug in eine Wolke von Parfüm aus einer großen Zerstäuberflasche einhüllte. Leuchtenberg blieb stehen und sah zu, wie der Mann aufstand, sich mit einem Händedruck bei seinem Figaro bedankte, bezahlte und dann beschwingt den Friseurladen verließ. Mit großen Schritten kam er Leuchtenberg entgegen und bog in die Gasse, aus der Andreas gerade gekommen war.

Der Straßenlärm tobte bereits so laut, dass die große Straße nicht mehr weit sein konnte. In schnellen Schritten lief er an den Barbieren vorbei und gelangte tatsächlich an die sechsspurige Straße. Er winkte, und sofort hielt ein kleines Taxi, auf dessen Rücksitz er sich erleichtert fallen ließ. Schade, dass Sehin noch nicht da ist, dachte er. Ich hätte sie gerne nach dem Zusammenhang von Bordellen und Friseurläden gefragt.

»Pera Palas«, sagte er zu dem Fahrer, der sofort nickte.

Und dann: »Dönerbuden – in der ganzen Stadt habe ich bis jetzt noch keine Dönerbude gesehen.«

Der Taxifahrer drehte sich überrascht um und sagte etwas auf Türkisch.

»Und Sie sind der erste Türke, den ich treffe, der kein Deutsch spricht«, erwiderte Leuchtenberg und klopfte dem Taxifahrer auf die Schulter. Der Mann am Steuer lachte, und dann standen sie auch schon vor dem Hotel. Die kurze Fahrt kostete sechs Millionen. Leuchtenberg atmete tief durch, bezahlte ohne Widerspruch und dachte: Hoppla! Ich muss bei den Taxifahrern aufpassen, vor allem, wenn sie kein Deutsch sprechen.

Atatürks Suite

Andreas Leuchtenberg schlief ruhig, nur in den frühen Morgenstunden quälte ihn ein Traum.

Ute, seine dreizehnjährige Tochter, schleppte ihn zu einem Konzert der Gruppe Pur. Die Veranstaltung fand in einer Halle statt, in der sich bereits Tausende junger Mädchen drängten, die meisten in Utes Alter, einige jünger. Er war sich sicher, dieses Gebäude noch nie gesehen zu haben, Ute jedoch zog ihn an der Hand zielsicher durch lange Flure, drängelte sich an anderen Besucherinnen vorbei, bis sie schließlich in der fünften Reihe vor der Bühne standen. Leuchtenberg wollte wieder gehen.

»Weil du Mutti geärgert hast, musst du dir nun das ganze Konzert ansehen.«

Er versuchte, sich unauffällig aus den Reihen der dicht stehenden Mädchen zu schleichen, doch jedes Mal, wenn er sich einige Schritte entfernt hatte, zog ihn seine Tochter zurück. Einzelne Musiker fand er nicht schlecht, aber wenn der dickliche Säuger eine neue Schnulze anstimmte, hielt er sich die Ohren zu. Doch Ute zog ihm unerbittlich die Hände weg.

Leuchtenberg erwachte schweißgebadet.

Tatsächlich hatte sich der endgültige Streit zwischen Ilse und ihm an dieser Musikgruppe entzündet. Vor einem halben Jahr war Ute mit einem zusammengerollten Plakat in seinem Arbeitszimmer erschienen und hatte den Alleskleber verlangt, den er in der untersten Schublade seines Schreibtisches verwahrte.

»Was willst du damit machen?«, hatte er sie gefragt, und Ute hatte das Plakat entrollt.

»Das häng ich an die Wand über meinem Bett«, antwortete sie.

Andreas und Ilse hatten ihre Tochter schon zweimal zu Rolling-Stones-Konzerten mitgenommen, nach München ins Olympiastadion und später nach Hockenheim ins Motodrom. Leuchtenberg war stolz auf seine alte Plattensammlung mit den Rocklegenden der siebziger Jahre, beide Eltern hatten dem Kind häufig die Rolling Stones oder Led Zeppelin vorgespielt. Als Ute noch kleiner war, hatte Ilse manchmal mit ihr Reigen getanzt, während *Stairway to Heaven* aus den Boxen krachte.

So viel Mühe – und nun Pur.

Leuchtenberg wertete die Pur-Begeisterung seiner Tochter als eine vorübergehende Verirrung, als eine durch die Pubertät verursachte Trübung des Geschmacks, und er bestand darauf, das Plakat dürfe nur mit Reißzwecken befestigt werden, denn mit dem Alleskleber, so belehrte er seine Tochter, verbände sich das Papier des Plakates unlösbar mit der Raufasertapete, und wenn sie später einmal eine andere Band gut fände, müsse das ganze Zimmer neu tapeziert werden. Das Kind zog sich maulend zurück, hielt sich jedoch an die väterliche Anweisung und befestigte das Poster mit sechs Reißnägeln direkt über ihrem Kopfkissen.

»Wieso kann meine Tochter nicht die Plakate in ihrem Zimmer aufhängen, die sie für richtig hält?«, fragte ihn Ilse am Abend.

Andreas sah überrascht auf und begriff zunächst nicht, wovon sie sprach. Er hatte sich eine Orange aus der Küche mit ins Wohnzimmer genommen und entfernte sorgfältig mit einem kleinen Messer Schale und Haut.

»Spielst du dich jetzt zum Geschmackspolizisten der Familie auf?«, setzte sie nach.

Leuchtenberg sah seine Frau an. Ihr Kinn wirkte verhärtet, leicht vorgeschoben, und er wusste, Streit war unvermeidlich.

Er schwieg. Alles, was er nun sagen würde, war nur Material für neue Angriffe. Indem er nichts sagte, glaubte er ihr die Basis für einen Streit zu entziehen oder ihn zumindest hinauszögern zu können.

Er nahm den Teller mit der Orangenschale und trug ihn in die Küche. Die Schalen warf er in den Mülleimer, den Teller räumte er in die Geschirrspülmaschine.

Sie folgte ihm und stellte sich in die offene Tür.

»Ich bin es wirklich leid, dass du jeder Auseinandersetzung und jeder Diskussion aus dem Weg gehst. Und das seit Jahren.«

Ihr Ton war eisig.

Leuchtenberg drehte sich müde um.

»Ilse, lass es gut sein«, sagte er, »du weißt, ich schreibe niemandem seinen Geschmack vor. Aber Ute kann das Pur-Poster genauso gut mit Reißzwecken an die Wand heften.«

Er sah ihre Augen vor Genugtuung funkeln, und er wusste, dass dieser harmlose Satz genug für die Eröffnung eines lang andauernden Streites war.

»Darum geht es nicht«, sagte sie, und er beobachtete, wie sie tief Luft holte.

*

Nach Utes Geburt hatte Leuchtenberg den Geschlechtsverkehr mit Ilse eingestellt. Dies war keine bewusste Entscheidung, nichts, was er nach langem Nachdenken beschlossen hatte, sondern ihm ging nahezu unbemerkt die Lust auf seine Frau verloren. Durch die Umstellung in ihrem Leben, die diktatorischen Vollmachten, die das Neugeborene nun rigoros ausübte, bemerkten beide diese Wandlung in ihrem Leben zunächst nicht. Stillen, nachts aufstehen, wickeln, die Erledigung der unfassbaren, plötzlich anschwellenden Wäscheberge, das Zubereiten jener neuen Art von Ernährung, die Freude über die geradezu rasante Menschwerdung des kleinen, ewig neugierigen Geschöpfs – all das nahm sie so in Anspruch, dass Gott Sexus unbemerkt Abschied von ihnen nehmen konnte.

Erst später, als er nachts neben seiner Frau lag und sie bereits schlief, dachte er über diesen ihm plötzlich bewusst werdenden Verlust nach.

Liebst du diese Frau, fragte er sich, und er bejahte die eigene Frage, prüfte sich gleichzeitig, ob er sich bei der Beantwortung selbst anlüge, und fand, er habe sie ehrlich beantwortet. Er mochte sich ein Leben ohne Ilse nicht mehr vorstellen, und ein Leben ohne seine Tochter war gänzlich unvorstellbar.

Möchtest du mit dieser Frau schlafen, fragte er sich und verneinte diese Frage ebenso aufrichtig; mehr noch, er wusste, es wäre ihm so unmöglich, als seien sie durch eine unsichtbare Wand getrennt, und er ahnte, dies würde sich auch nicht mehr ändern.

Ich habe Ilse viel zu verdanken, dachte er. Nach dem Desaster in Mannheim war sie für mich da. Sie verurteilte mich nicht, das erledigte ich selbst.

Wieder und wieder redete er sich damals in ihrem Zimmer alles von der Seele. Sie hörte zu, unterbrach ihn selten, manchmal, wenn er weinte, hob sie seinen Kopf auf ihren Schoss und fuhr ihm mit der rechten Hand sanft über die Haare. Ihm schien es eine lange Zeit zu sein, in der er ihren Trost brauchte. Er entdeckte eine neue Ilse, sie war nicht länger die zickige Göre der Kinderzeit, und als der Schmerz über den Verlust Sehins langsam abklang, gab es in seinem Inneren Raum für eine durch tiefe Dankbarkeit gewachsene Liebe.

Eines Abends sagte sie zu ihm: Wir müssen hier raus. Ihre Handbewegung umschloss ihr Zimmer, das immer noch in der Wohnung ihrer Eltern lag, umschloss die Untere Bahnhofstraße und umschloss den ganzen kleinen Ort.

Andreas erinnerte sich, dass er sofort verstand, was Ilse meinte. Sie mussten hier raus. Wir schaffen das nur zusammen. Im nächsten Augenblick fiel er über sie her, und sein letzter Gedanke war die Verwunderung, dass Ilse mit der gleichen Heftigkeit seinem Begehren antwortete. Dann verschwammen ihnen alle Überlegungen.

Und heute? Nicht die Liebe, so dachte er, war ihnen abhanden gekommen, wohl aber das Begehren.

Er hatte keineswegs seinen Trieb verloren. Er sah die Frauen in der Straße und im Büro, und das Begehren zeigte sich ihm von seiner hinterhältigen Seite, denn diese Frauen schienen ihm schöner und attraktiver als je zuvor. Er flüchtete sich völlig in die Selbstbefriedigung, und in den dazugehörigen Fantasien imaginierte er fremde Frauen, und immer wieder blätterte er in seinen Erinnerungen an Sehin. Auf die leiseste Ermutigung hin wäre er jeder dieser Frauen in ein Hotelzimmer gefolgt oder auf eine Lichtung oder in ihre Waschküche oder an die anderen Plätze, die er sich ausdachte, nur bei Ilse, schien es ihm, war ein Schalter umgelegt worden, und es lag nicht in seiner Macht, dies rückgängig zu machen.

*

Leuchtenberg lag wach, lauschte dem Verkehrslärm und überlegte, warum alles so gekommen war. Mit Sehin, mit Ilse und mit ihm.

Ein Blick auf die Uhr: halb neun. Normalerweise würde er um diese Zeit schon lange im Büro sitzen und über Angebote, Kalkulationen und neue Maschinen nachdenken.

Jetzt kann ich über mich nachdenken.

Er lag still da, aber ihm fiel nichts ein.

Er würde sich erkundigen, ob Sehin tatsächlich an der Modenschau beteiligt war, die in fünf Tagen im Peres Palas stattfinden würde. Er warf die Bettdecke zur Seite und stand auf.

Das Frühstück im Hotel gefiel ihm. Der Tee mobilisierte frühe Kräfte, die Pfirsiche schmeckten nach Pfirsichen und die Tomaten so unverfälscht nach Tomaten, dass er nach dem ersten Biss zurückschreckte, weil er eine besonders raffinierte, genmanipulierte Sorte vermutete. Aber davon hatte Sehin ihm früher oft erzählt, wenn sie aus ihren, für Andreas quälend langen Sommerferien aus Istanbul zurückkam: Das Obst schmeckt bei uns wie Obst und nicht nach Wasser. Und die Tomaten wie Tomaten.

Weißt du eigentlich, was die Türken über euch Deutsche sagen?

Andreas, einfach nur unendlich glücklich, dass sie wieder da war, schüttelte den Kopf. Alles hätte sie ihm in diesem Augenblick ins Ohr flüstern können. Sie aber hatte sich aufgerichtet, ihn mit ernster Miene und funkelnden Augen angesehen, als habe sie ihm schlechte Nachrichten mitzuteilen. Und Andreas genoss es, sich in diesen Blick zu versenken.

Die Deutschen, so sagen meine Leute, haben keine Esskultur. Deshalb haben sie uns eigentlich nach Deutschland geholt. Nicht nur, damit wir ihr Land aufbauen, sondern auch, damit wir ihnen eine bessere Esskultur zeigen. Bei uns geht der Spruch um: Schaue niemals einem Deutschen in den Kühlschrank!

Damals hatte Andreas sie angestrahlt und nur kurz beipflichtend genickt, um auf keinen Fall den Blickkontakt zu verlieren. Nun wusste er, was sie gemeint hatte.

Im Frühstücksraum des Hotels saßen nur wenige Gäste. Drei amerikanische Paare, wie sie überall auf der Welt in den Frühstücksräumen der Hotels anzutreffen sind, saßen hinter ihm und füllten sich fette Würstchen und Rührei auf die Teller. Vor ihm saß ein Paar, das sich auf Deutsch unterhielt. Die Frau war dunkelhaarig und hätte eine Türkin sein können, aber sie sprach perfekt Deutsch. Vor ihr lag eine Liste, eine Tabelle mit Zahlenkolonnen, und während sie sich mit dem Mann ihr gegenüber unterhielt, kreuzte sie die eine oder andere Eintragung an oder schrieb eine kurze Notiz hinter eine der Zahlenkolonnen. Wahrscheinlich ein Manager, der mit seiner Sekretärin frühstückt und mit ihr die Geschäfte bespricht, dachte Leuchtenberg, während er weiter seinen Gedanken nachhing. Ihm fiel nicht auf, dass er die beiden selbstvergessen anstarrte. Die Frau bemerkte es zuerst und lächelte kurz, was Andreas verwirrte. Er lächelte verlegen zurück und erhob sich dann.

An der Rezeption erkundigte er sich nach der Modenschau. Wann findet sie statt? Arbeitet eine Frau mit dem

Vornamen Sehin dabei mit? Kann ich bei Ihnen eine Eintrittskarte kaufen?

Ja, sie findet in fünf Tagen statt. Der Veranstalter ist eine Agentur, die auch die Einladungen verschickt. Das Hotel vermietet nur den großen Saal und richtet anschließend einen Empfang aus. Der Portier schrieb ihm die Telefonnummer der Agentur auf einen Zettel. Leuchtenberg nahm ihn und steckte ihn ins Jackett.

»Wollen Sie von der Rezeption aus telefonieren?«

»Danke. Ich benutze das Telefon in meinem Zimmer.«

Der Mann nickte, und Leuchtenberg sprang die beiden Absätze zum ersten Stock hinauf und betrat den langen Gang, an dessen Ende sich sein Zimmer befand.

Es dauerte einige Minuten, bis die Telefonistin der Agentur ihn mit einem Mann verbunden hatte, der passabel Deutsch sprach. Die Agentur, sagte er, veranstaltet einen Event für eine große türkische Textilfirma, die Einkäufern aus der ganzen Türkei die neue Kollektion vorführen wird. Nein, die Namen der Modeschöpfer kenne er nicht. Die Veranstaltung sei eine geschlossene Gesellschaft, er könne ihm keinen Zutritt verschaffen.

Leuchtenberg legte auf.

Er würde sich in der Vorhalle platzieren und die Tür im Auge behalten. Wenn Sehin zu der Veranstaltung käme, und daran zweifelte er nicht, er sähe sie bestimmt.

Er sah auf die Uhr. Es war mittlerweile zehn Uhr. Er würde bis zum Mittag die Gegend um das Hotel erkunden. Alles Weitere wird man sehen, dachte er und ließ die Zimmertür hinter sich ins Schloss fallen.

Als er den Hotelflur entlangging, winkte ihm auf der anderen Seite ein Mann zu.

»Möchten Sie das Museum sehen?«

Leuchtenberg blickte ihn verwundert an.

»Das Atatürk-Museum. Hier, schauen Sie!«

Der Mann schloss die Tür des Zimmers 101 auf, die nicht anders aussah als seine Zimmertür. Er trat ein und Leuchtenberg folgte ihm.

*

Sie betraten eine Suite und standen unmittelbar vor einem großen braunen Holzbett, dessen Kopfteil mit einer kleinen Schnitzerei verziert war. Daneben befand sich ein runder Stuhl, auf dem ein altertümliches Telefon stand, das aus einer Zeit lange vor der Erfindung der Wählscheibe stammen musste. Leuchtenberg erinnerte der Apparat an alte amerikanische Filme. »Vermittlung, Vermittlung!«, schrien die Schauspieler in diese Art von Telefonen und knallten sie dann meist frustriert auf den Tisch.

In einer Vitrine standen alltägliche Gegenstände, die Atatürk in diesem Raum benutzt hatte. Sogar seine Kaffeetasse war ausgestellt. Auf einem Porträt, das über der Vitrine hing, blickte der Staatsgründer, gekleidet in eine grüne Generalsuniform, ernst in die Ferne. Daneben fand sich ein kleineres Foto: Atatürk im Smoking.

Der Mann, der ihn in dieses kleine Museum eingelassen hatte, wandte sich nun Leuchtenberg zu.

»Oft, wenn Mustafa Atatürk in Istanbul weilte, wohnte er in dieser Suite«, sagte er, und Leuchtenberg wurde erst jetzt bewusst, dass der Mann ihn wie selbstverständlich auf Deutsch angesprochen hatte.

»Hier sehen Sie noch einige der Kleider, die Atatürk getragen hat.«

Er wies auf einen dunklen Holzschrank, in dem ein weißer Anzug und zwei gelbbraune Seidenkrawatten hingen. Dann winkte er Leuchtenberg, ihm zu folgen, und sie betraten einen anderen Raum.

Vor einem Teppich, der fast die gesamte Fläche der Seitenwand bedeckte, stand eine dreisitzige Couch. Armlehnen, Rahmen und Füße waren aus Holz, versehen mit Schnitzereien, die Bezüge aus einem schweren blauen Seidenmaterial und mit gelbem Halbmond und Stern verziert. Neben der Couch stand ein einzelner Stuhl, und Leuchtenberg konnte sich darauf sofort einen Stenographen oder einen Sekretär vorstellen, der jedes Wort des Staatsgründers festhielt.

Um die Couch herum waren Sessel im gleichen Stil wie die Couch gruppiert, sodass das gesamte Ensemble einen Kreis bildete.

»Hier hielt Atatürk häufig wichtige Besprechungen ab«, sagte der Mann.

Auf einem kleinen Tisch in der Mitte lagen einige großformatige Fotobände. Leuchtenberg schlug einen Band auf, und wieder blickte ihm der ernste Atatürk entgegen, meist im Smoking, rauchend, oder in der Oper, ein Gemälde betrachtend, mit breitem europäischen Hut oder lässig an die Reling eines Schiffes gelehnt wie ein amerikanischer Schauspieler der Dreißiger Jahre.

»Atatürk ließ sich gerne in Posen fotografieren, die nicht zum Islam passten«, sagte sein Führer, »denn er wollte eine weltliche Regierung und keine religiöse. Er mutete den Imams einiges zu.«

Er sah Leuchtenberg an.

»Wollen Sie einen Çay, einen Tee, mit mir trinken?«

»Gerne.«

Der Mann verschwand für einen Augenblick und kam

mit zwei Teegläsern zurück. Er winkt Leuchtenberg zu, und sie setzen sich in die Besprechungssessel.

Hier haben schon große Staatsmänner gesessen und mit Atatürk diskutiert, dachte er, und, na ja, jetzt habe ich die Ehre, hier zu sitzen.

Dann nahm er einen Schluck Tee, der ihn sofort belebte.

Der türkische Führer dieses kleinen Museums sah ihn an und sagte: »Atatürk schloss die Türkei an das westliche System an. Die Türken müssen ein einiges Volk werden, und sie müssen sich dem Westen zuwenden – das war sein Credo.«

Leuchtenberg sah die Türken vor sich, die bei Gehring in der Fertigung arbeiteten, und den Mann im grauen Bart mit der grünen Baumwollmütze, der mit ihm am Flughafen in der Schlange gestanden hatte, und dachte: Allzu weit ist Atatürk mit seinen Bemühungen aber nicht gekommen.

»Wissen Sie«, sagte der Führer, »der ›Vater der Türken‹ – das bedeutet Atatürk auf Deutsch, eigentlich hieß er ja Mustafa Kemal – hob die gesetzlichen Unterschiede zwischen Männern und Frauen auf, übrigens nur wenig später, als die Deutschen das allgemeine Wahlrecht auch den Frauen zugestanden.«

Leuchtenberg sah den Mann erstaunt an.

»Auch in der Kleidung sollten die Türken den Menschen im Westen gleichen, und der Fes und der Kaftan wurden verboten. Alles Orientalische sollte ausgemerzt werden. Wir ersetzten die arabische Schrift durch die lateinische, und das ganze Volk drückte noch einmal die Schulbank, sogar mein Opa musste neu schreiben und lesen lernen. Die Händler und Geldverleiher stellten sich auf das Dezimalsystem und westliche Maß- und Gewichtseinheiten um. Innerhalb weniger Jahre.«

»Dagegen war unsere Umstellung auf den Euro wohl eher ein Kinderspiel«, sagte Leuchtenberg.

»Für Ihr Land war das sicher nicht einfach, aber die Türkei hat in den Zwanzigern und Dreißigern ein Vielfaches an Umstellungen vollbracht.«

Die beiden Männer schwiegen.

»Und immer lässt sich Atatürk fotografieren, wenn er gegen den Koran verstößt. Mit Panamahut – große Sünde. Wie er Raki trinkt – auch große Sünde. In Badehose und beim Tanz – sehr große Sünde.«

Sie lachten und tranken einen Schluck Tee.

»Unsere Nachbarn im Osten«, fuhr der Mann fort, »waren alle kolonialisiert, von Westmächten besetzt – Syrien, Irak, Jordanien, alle besetzt. Das waren keine guten Erfahrungen für diese Völker. Deshalb sind sie bis heute nicht gut auf Fremde in ihrem Land zu sprechen. Die Türkei war nie besetzt. Wir sind immer ein gastfreundliches Volk gewesen. Und wir haben als einziges Land mit einer moslemischen Gesellschaft in diesem Raum eine laizistische, eine weltliche Regierung.«

Mittlerweile waren die beiden Teegläser leer, und die beiden Männer erhoben sich.

»Vielen Dank«, sagte Leuchtenberg, »das war hochinteressant. Was bin ich Ihnen schuldig?«

Der Mann sah ihn verblüfft an und schob ihn dann lachend aus der Tür.

Dann schloss er Atatürks Suite ab.

Galata

Nachdenklich durchschritt Leuchtenberg den Flur. Auf dem Weg zur Treppe hielt er vor seiner Zimmertür inne. Er schloss auf und setzte sich wieder auf den Hocker neben dem Telefon. Er wählte, und wieder meldete sich nur sein Anrufbeantworter. Er tippte Ilses Handynummer in den Apparat, aber hörte nur ihre Ansage auf der Mailbox. Vorsichtig legte er den Hörer zurück.

Nach dem letzten Streit hatte Ilse erklärt, sie würde ihn verlassen. Dann war sie abgereist. Leuchtenberg wusste, dass sie es diesmal ernster meinte als zuvor. Sie hatte Ute mitgenommen und würde spätestens wiederkommen, wenn in zwei Wochen die Schule wieder begann.

Er vermisste seine Tochter. Er hätte ihr gerne von den Anglern auf der Galatabrücke erzählt, von der Suite, die das Hotel immer noch für Atatürk bereithielt, von der modernen Einkaufstraße und dem Essen gestern Abend.

Sollte er bei Gehring anrufen und sich erkundigen, ob Helga Bessel die Kundentermine hatte verschieben können? Er entschied sich dagegen.

Er verließ sein Zimmer und nahm den alten Aufzug. Der Liftboy erklärte ihm stolz, dass Agatha Christie bereits mit diesem »Ascenseur« gefahren sei.

»Frau Christie hat in unserem Hotel an dem ›Orient-Express‹ geschrieben.«

Leuchtenberg nickte. Er gab dem Jungen eine Million Lira Trinkgeld. Der freute sich und hielt ihm sogar die große Außentür auf.

Auf der Straße leuchte die Sonne die Szenerie aus. Sie wärmte die Passanten auf der Straße, die Taxis, die dichtgedrängt vor dem Hotel patrouillierten, um einen Fahrgast aufzunehmen, den Gemüsehändler, der einen überladenen Karren vor sich herschob, die drei jungen Mädchen, die mit ernster Miene an ihm vorbeigingen, den älteren Herrn in dem hellbraunen Anzug aus teurem Tuch, der den Weg zu der Passage hinaufschlenderte, und die zwei Träger, die große Ballen auf dem Rücken trugen und trotz der Hitze unzählige Jacken übereinander angezogen hatten.

Heute fand er die Passage sofort und stand kurz danach erneut auf der İstiklâl Caddesi. Diesmal wandte er sich nach rechts und schlenderte langsam die Straße entlang.

Er wunderte sich über die vielen Buchläden und Antiquariate, sah einige Musikalienhandlungen mit alten Notenblättern im Schaufenster und immer wieder kleine Lokale, Imbissstuben, aus denen es rauchte und qualmte und würzige Gerüche zum Stehenbleiben lockten. Hinter ihm klingelte die rote nostalgische Trambahn. Er trat schnell zur Seite, ließ sie vorbei und folgte dann wieder ihren Gleisen.

Nach einigen Minuten fand er die Endstation der Bahn. Fahrgäste kamen aus einer großen Glastür und stiegen in die wartende Straßenbahn oder verteilten sich auf die von hier abgehenden Straßen.

Das wird der *Tünel* sein, dachte er und betrat den Bahnhof.

Die Passagiere kauften einen kleinen Jeton, den sie ein paar Meter weiter in eine Zugangssperre warfen. Ein Drehkreuz gab den Weg frei, und nun standen sie direkt an den Schienen. Gerade tauchte aus der Tiefe des Tunnels eine Straßenbahn auf. Zuerst ließ sie auf der linken Seite die

Fahrgäste aussteigen, dann öffneten sich die Türen auf der rechten Seite, und die Menschen stiegen ein.

Leuchtenberg schlenderte zurück. Er folgte den Gleisen einige Meter, aber als diese nach links abbogen, schritt er rechts in eine leicht abfallende Straße.

Er blieb vor dem ersten Schaufenster stehen. Es präsentierte bauchige türkische Gitarren, Trompeten, traditionelle und moderne Musikinstrumente aller Art.

Er ging weiter.

Auch das nächste Geschäft handelte mit Musikinstrumenten. Und das übernächste. Die ganze Straße bestand nur aus Musikalienhandlungen, unterbrochen hin und wieder durch CD-Läden, aus denen türkische Musik erklang.

»Wo kommen Sie aus Deutschland her?«

Leuchtenberg drehte sich um.

Neben ihm stand ein kleiner Türke, der ihn verschmitzt von unten ansah. Er trug eine graue Hose und ein blaues Hemd, das an einigen Stellen fleckig war. Den Mann zierte ein kräftiger schwarzer Schnauzer, und irgendwo in seinem Mund blinkte ein Goldzahn.

Leuchtenberg nannte ihm den Namen seiner Heimatstadt im Süden Deutschlands.

»Da war ich auch schon«, sagte der Mann, »aber geschafft habe ich in Geislingen.«

»Sicher bei WMF?«

»Nein, beim Daimler«, sagte der Türke.

Leuchtenberg hatte noch nie davon gehört, dass Daimler in Geislingen ein Werk unterhielt. Er wunderte sich, aber Daimler gehörte nicht zu Gehrings Kundenkreis. Trotzdem merkwürdig – es müsste ihm eigentlich bekannt sein, denn schließlich lag Geislingen noch im 50-Kilometer-Radius seiner Heimatstadt.

Aber was soll's, dachte er, der Mann wird schließlich wissen, wo er einmal gearbeitet hat.

»Jetzt bin ich in der Seidenbranche«, sagte der Türke, »da verdiene ich besser. Mein Schwager hat in Köln ein Geschäft, und ich fahre für ihn dreimal im Jahr in die Nähe von Izmir und kaufe Seide ein. Für zwei Tage muss ich in Istanbul bleiben, weil mein Auto in der Reparatur ist. Anlasser kaputt. Ein Freund meines Schwagers repariert es, und wenn es fertig ist, geht es mit der Seide zurück nach Köln.«

Der Fremde grinste ihn an und fragte dann: »Mögen Sie auch Seide?«

Aufpassen, dachte Leuchtenberg, der will mir bloß etwas verkaufen, und zuckte deshalb unbestimmt mit den Schultern.

»Kommen Sie, ich lade Sie auf ein Glas Tee ein. Haben Sie Lust?«

Er will mir doch nichts verkaufen, dachte Leuchtenberg erleichtert und nickte dem kleinen Mann zu, der sich umdrehte, ihm zuwinkte und die Straße weiter hinunterging.

Leuchtenberg schloss zu ihm auf.

Nach wenigen Schritten mündete die Straße in einen kleinen Platz. Leuchtenberg blieb überrascht stehen. Vor ihm erhob sich mächtig und rund der Galataturm.

Er hatte den Turm schon bei der Anfahrt vom Flughafen gesehen, und sich über dieses Bauwerk gewundert. Der Turm erhob sich so wuchtig und gedrungen aus dem Steinmeer, als wolle er die Häuser schützen, die sich dicht um ihn drängten.

»Galata Kulesi. Sieht gut aus, der fette Turm«, sagte der kleine Türke, »den haben uns die Genueser gebaut. Dort oben gibt es ein gutes Restaurant, aber ...«

Er rieb seinen Daumen über den Zeigefinger, um anzudeuten, dieses Lokal sei zu teuer für ihn. Am Fuße des Turmes sah Leuchtenberg eine kleine Teestube, ging schon einige Schritte dorthin, doch sein Begleiter hielt ihn am Arm fest.

»Wir gehen woandershin«, sagte er und bog nach links in eine Straße ein.

Urplötzlich änderte sich die Welt um Leuchtenberg. Ein Gemüseladen bot seine Waren auf aufgebockten alten Türen an. Kinder liefen die Straße hinunter. Sein Begleiter trat in einen Hauseingang, schaute sich um, kam wieder hinaus, rannte zum nächsten und lief weiter von Haus zu Haus.

Im Souterrain eines Gebäudes auf der gegenüberliegenden Seite sah Leuchtenberg eine mechanische Werkstätte mit einer altmodischen Drehbank. Ein junger Mann arbeitete mit einem Handstichel an der Maschine und bearbeitete einen Türknauf. Im Schaufenster lagen metallene Beschläge. In der Eingangstür stand der Besitzer und nahm einem Jungen, fast noch ein Kind, der auf einem Messingtablett fünf Gläser Tee trug, ein Glas davon ab.

Zwei Häuser weiter entdeckte er in einem Kellergeschoss einen kleinen Galvanikbetrieb. Neugierig trat er näher, sah durch die offen stehende Tür die Behälter mit den giftig dampfenden Elektrolyten, den verätzten Boden, die beiden Arbeiter, die zwei Eisengitter aus der trüben Brühe zogen, ohne Handschuhe und Mundschutz. Ihrer guten Laune tat dies jedoch keinen Abbruch. Sie winkten ihm freundlich zu, während er ihnen bei der Arbeit zusah. Er winkte zurück und ging schnell weiter.

Die Häuser auf beiden Seiten der Straße mussten einst wohlhabenden Bürgern gehört haben. Auf den Stuckresten der Fassaden entdeckte er Spuren von wappenähnlichen Verzierungen. Jetzt aber schienen die Bauten zu verfallen, und nur im Keller und im Erdgeschoss wohnten Menschen oder hatten sich dort Werkstätten eingerichtet. Die vier oder fünf Stockwerke darüber standen leer, teilweise waren die Zwischendecken bereits eingestürzt. Aus einem der Fenster suchten sich die Äste eines Baumes ihren Weg ins Freie.

Sein Begleiter schien gefunden zu haben, was er suchte. Er winkte ihm zu, und Andreas Leuchtenberg betrat das Foyer eines Hauses, das schon bessere Tage gesehen hatte.

Er brauchte einen Augenblick, bis seine Augen sich an das Halbdunkel gewöhnt hatten. Das Erste, was er von seinem Begleiter sah, war der blitzende Goldzahn. Der kleine Türke saß auf einem dreibeinigen Schemel und winkte ihm zu. Leuchtenberg ließ sich vorsichtig auf einem zweiten Hocker nieder. In der hinteren Ecke des Flures stand ein Tisch mit einer Kochplatte, auf der in einem Kessel kochendes Wasser sprudelte. Daneben saßen drei alte Männer und unterhielten sich.

Der Junge mit dem Messingtablett, den er eben noch auf der Straße gesehen hatte, stürmte in den Flur, und die drei Männer gerieten in Bewegung. Sofort standen fünf volle Teegläser auf seinem Tablett, und der Junge stürzte wieder zur Ausgangstür. Ein Pfiff hielt ihn zurück. Einer der Männer wies auf Leuchtenberg und seinen Begleiter. Der Junge lächelte, gab jedem ein Glas Tee und verschwand im Freien.

»Ich bin Fatih Savas«, stellte sich der Türke vor und reichte ihm im Halbdunkel des Flures die Hand.

»Ich heiße Andreas Leuchtenberg.«

»Schöner Name – Leuchtenberg. Andreas ist auch schön. Wie lange bleibst du in Istanbul?«

»Noch neun Tage.«

»Ah!« Fatih strich sich mit der Rechten über das unrasierte Kinn. »Warst du schon einmal auf einer türkischen Hochzeit?«

Nein. Eine türkische Hochzeit hatte Leuchtenberg noch nicht erlebt, obwohl Sehin ihm bereits genau erzählt hatte, wie ihre Hochzeit ablaufen würde, wenn sie einmal heiraten werden. Sie hatte aus dem Kopf über hundert Leute ihrer Verwandtschaft aufgezählt, ihm einen Überblick über ihre Eigenarten und Marotten gegeben und ihn dann gefragt, wer von seiner Familie zu dem Fest kommen würde. Er hatte damit begonnen, einige Namen zu nennen, aber mehr als dreiundzwanzig Familienmitglieder waren ihm nicht eingefallen. Sehin nahm zunächst an, er würde scherzen, aber langsam begriff sie, seine Familie war nicht größer, und Mitleid tränkte ihre Pupillen.

»Ihr seid schon ein armes Volk«, sagte sie und bettete seinen Kopf sanft und vorsichtig in ihren Schoß.

Leuchtenberg spürte die Wärme ihrer Schenkel, aber gleichzeitig auch den Wunsch, ihr zu widersprechen, und so beugte er den Rumpf ein oder zwei Zentimeter hoch, ließ sich aber gleich wieder auf ihre Beine gleiten und lag still und roch sie und hörte ihr zu und hoffte, dieser Moment möge ewig dauern.

»Wieso?«, murmelte er bloß.

Sie drehte eine seiner Locken um ihren Zeigefinger und beugte sich zu ihm herab.

»Ihr seid merkwürdig, weil ...« Sie zögerte und schien nachzudenken.

Andreas rührte sich nicht.

»Weil ihr Altersheime habt, statt mit eurer Familie zusammenzuleben.«

Und dann etwas lauter – ihr linkes Bein bewegte sich

dabei, sodass Andreas befürchtete, er müsse den Kopf aus ihrem Schoß nehmen: »Das ist krank. Altersheime sind richtig krank. Keine Familie habt ihr mehr. Die Alten und die Kinder behandelt ihr scheiße.«

»Was, die Kinder auch?«, schnurrte er und versuchte sein Gesicht so zu wenden, dass es genau zwischen ihren Beinen lag.

»Ja, die Kinder auch.«

Pause. Sie wollte nicht weiterreden.

»Ich auch?«, fragte er.

Sehin lachte.

»Du am allermeisten«, sagte sie. »Bei euch in der Familie, aber auch bei den anderen Deutschen – alles ist geregelt. Ihr seid so … konsequent. Um Viertel vor sieben wird aufgestanden. Um zwölf gibt es Mittagessen, und das Kind muss um acht im Bett sein. Jeden Tag. Jeden Tag. Jeden verdammten Tag. Einer wie der andere.«

Andreas küsste sie vorsichtig auf den Cordstoff zwischen die Beine, sie bemerkte es und öffnete sie ein wenig. Er küsste sie erneut, und sie entspannte sich.

»Alles zum Besten für die Kinder«, sagte er, »sie brauchen den Schlaf, damit sie gesund und glücklich werden.«

»Ja, ihr Deutschen seid auf der ganzen Welt als ach so glückliches Volk bekannt.«

»Sind wir nicht?«

Er fuhr hoch und sah ihr in die Augen.

Sie lachte.

»Eure Familien sind so, dass die Kinder weggehen, sobald sie volljährig sind. Sie lieben die Eltern nicht, die sie wie Maschinen abgerichtet haben. Keine Familienbindung gibt es bei euch. Dafür steckt ihr später die Eltern ins Altersheim.«

»Und legen uns auf die Couch beim Psychiater«, sagte er.

»Das auch noch«, sagte sie.

»Und bei euch gibt es das nicht?«, fragte er.

»Nein, nur als Ausnahmefall. Die religiösen Familien treiben ihre Kinder aus dem Haus. Sonst bleiben wir zusammen wie Pech und Schwefel.«

*

Eine Hand wedelte vor seinem Gesicht.

»Hallo, hallo«, sagte Fatih Savas, «träumst du?«

Sehins Gesicht verschwand, und stattdessen blinkte ihm der besorgte Goldzahn Savas' entgegen.

»Nein, dachte nur gerade nach«, sagte Leuchtenberg.

»Vielleicht willst du etwas sehen, was nicht jeder Tourist sieht. Ich kann dir etwas Besonderes zeigen.«

Leuchtenberg sah ihn interessiert an.

»Kennst du die Moschee von Eyüp? Kommt kaum ein Tourist hin. Eines der großen Heiligtümer des Islam. Wenn du willst, gehen wir morgen zusammen hin. Ich hole dich ab. Wo wohnst du?«

»Pera Palas – da wohne ich.«

»Gutes Hotel. Weißt du, was Pera heißt?«

»Keine Ahnung.«

Leuchtenberg trank seinen Tee aus.

Der Junge stürmte schon wieder herein. Erneut hantierten die drei Männer im Hintergrund mit Kannen und Gläsern, und der Junge sprang mit fünf frischen Gläsern Tee ins Freie.

»Venedig«, sagte Fatih, »Venedig war der große Feind von Byzanz. Mit Hilfe der verfluchten Kreuzritter eroberten sie diese Stadt, irgendwann im 13. Jahrhundert. Auf diesem Hügel hier war damals aber noch nicht viel los. Erst 50 Jahre später holten die Griechen die Stadt zurück. Mit Hilfe von Genua, der Todfeindin von Venedig. Zusammen befreiten sie Konstantinopel, so hieß die Stadt vor Atatürk. Als Dank verlangten die Genueser, dass sie auf dieser Seite bauen durften. Sie bauten hier einen Handelsstützpunkt und den Turm. Und es entwickelte sich eine Ansiedlung um den Turm, die aussah wie Genua, das Gewirr der engen Gassen, in denen man sich leicht verläuft. Sie bauten sogar eine Kirche, die Kirche des Heiligen Dominikus. Als die Osmanen kamen, unsere Leute, wurde die Kirche eine Moschee, Arap Camii heißt sie heute. Wir haben die Privilegien der Genueser abgeschnitten« – Savas' flache Hand markierte einen kurzen imaginären Trennstrich –, »und andere zogen hier hin, alle möglichen unterschiedlichen Leute. Bis zum heutigen Tage. Und dieser Teil der Stadt ist das Gegenüber der eigentlichen Altstadt – und Pera heißt auf griechisch ›Gegenüber‹. Wir Türken nennen den Stadtteil ›Beyoğlu‹.«

»Und warum sind die Häuser in dieser Straße so verkommen?«

Fatih schien diese Frage unangenehm zu sein. Er zögerte und krümmte leicht den Rücken.

Dann sagte er leise: »Das ist das alte armenische Viertel.«

Schweigen.

»Und?«, fragte Leuchtenberg.

»Atatürk mochte die Armenier nicht. Es kamen viele um, und in der Folge ist der Besitz an manchen Häusern nicht geklärt. Bis zum heutigen Tag. Sie verrotten.«

Er fuhr sich mit einer fahrigen Geste durchs Gesicht. Wieder blitzte sein Goldzahn.

Dann sah er Leuchtenberg an.

»Willst du die Moschee von Eyüp sehen? Mir macht es nichts aus. Ich muss noch zwei Tage in Istanbul bleiben, bis der Freund meines Schwagers das Auto repariert hat.«

»Ich will dir keine Umstände machen.«

»Umstände! Umstände!«, protestierte Fatih lachend. »Wir sind doch Freunde, Freunde in einem Sommer in Istanbul.«

Er stand auf. »Ich hole dich um neun Uhr im Hotel ab.«

»Prima. Ich freu mich«, sagte Leuchtenberg.

Sie gaben sich die Hand. Fatih ging zu den drei alten Männern und zahlte den Tee. Er winkte Leuchtenberg noch einmal zu und verschwand.

Allein auf dem alten Schemel in der dunklen Teestube fühlte er sich unbehaglich, trotzdem hatte ihn die Begegnung mit Fatih beschwingt und erleichtert.

Ich habe einen Freund in einer fremden Stadt gefunden, dachte er, als er ins Helle trat. Am Liebsten wäre er losgelaufen.

Der Junge mit dem Messingtablett kam ihm entgegen. Leuchtenberg winkt ihn heran und gab ihm fünf Millionen Lira Trinkgeld. Der Junge strahlte über das ganze Gesicht und redete auf Türkisch auf ihn ein.

Nach einer Weile bog Leuchtenberg nach links und entdeckte ein großes Gebäude, gesichert durch hohe weiße Mauern. Zu seiner Überraschung war es die deutsche Schule in Istanbul.

Nach wenigen Schritten stand er wieder auf der İstiklâl Caddesi. Es war nun Mittag, und die Sonne heizte die Stadt auf. Er wischte sich den Schweiß von der Stirn, fühlte sich glücklich und ein bisschen müde. Diesmal fand er ohne Probleme den Weg zurück ins Pera Palas.

Er stieg hinauf in sein Zimmer, legte sich aufs Bett und schlief sofort ein.

Taksim

Leuchtenberg flog zwischen Schlaf und Wachen dahin, wie ein Pilot zwischen zwei unterschiedlich hohen Wolkenschichten. Noch im Traum überlegte er, ob er träume, und er prüfte seine Empfindung, doch alles schien ihm zu wirklich für einen Traum: Sehin tanzt auf dem Galataturm. Er sieht ihr auf dem Rücken liegend zu. Sie trägt den weißen Umhang der Derwische und dreht sich in selbstvergessener Ekstase. Ihr Lächeln ist schön wie immer.

Doch nun tanzt sie mit geschlossenen Augen und dem engelsgleichen Lächeln auf den ungeschützten Rand des Turmes zu. Leuchtenbergs Atem geht schneller. Sehin scheint sich der Gefahr nicht bewusst. Immer noch dreht sie sich mit geschlossenen Augen und geneigtem Kopf.

Wenn sie nur endlich die Augen öffnen würde, denkt er. Ich muss sie aufhalten. Doch er kann sich nicht bewegen. Er liegt auf dem Rücken, schwer und gelähmt. Den Arm, denkt er, ich muss den Arm hochheben. Er konzentriert sich, pumpt all seine Kraft in den rechten Arm. Doch der rührt sich nicht. Er steigert seine Anstreng und sieht Sehin nun ganz nahe am Abgrund. Doch vergeblich: Nicht einmal den kleinen Finger kann er bewegen.

Panik überfällt ihn. Doch er kann nicht mal den kleinen Finger bewegen. Er spürt nur die fiebrigen Schweißtropfen, die von seiner Stirn in die Augen und in den Mundwinkel rinnen.

Rufen! Ich muss sie warnen! Er will schreien, doch es gelingt ihm nicht, den Mund zu öffnen. Ich verrate sie zum zweiten Mal. Ich habe die Herrschaft über meinen Körper verloren. Vielleicht bin ich ja schon tot.

Nun tanzt Sehin bereits mit einem Fuß über dem Abgrund, und gleich wird sie fallen. Da erscheint hinter ihr ein großer braun gebrannter Mann mit blondem Bart in weißem Beduinengewand. Der Mann nimmt sie in seine Arme und zieht sie vom Abgrund weg. Sehin schlägt die Augen auf, sieht den Abgrund, erschrickt und schmiegt sich an den Mann.

Leuchtenberg hasst ihn. Wer ist er? Hat er nicht Ähnlichkeit mit Fred? Doch er kann Sehin und ihren Retter nirgends mehr entdecken. Verzweifelt sucht er den Turm und seine Umgebung ab.

Noch einmal vermischt sich Traum und Wachen zu einem unbekannten Dritten. Ich muss unbedingt unterscheiden, dachte er, ich muss unterscheiden was Traum ist und was Wirklichkeit.

Plötzlich beugt sich der Mann im Beduinenmantel über ihn. Er lächelt. Nein, das ist nicht Fred …

»Kennst du mich nicht mehr? Ich bin es, Omar Ben Sadek.« Und er hält ihm seine Hand entgegen.

Leuchtenberg schreckte auf.

Langsam hob er den Kopf und sah sich nach Omar Ben Sadek um, doch langsam begriff er, er hatte nur geträumt, und Ben Sadek war nichts anderes als eine seiner verehrten Heldenfiguren aus Karl Mays »Von Bagdad nach Stambul«, und er hatte im Traum genau so ausgesehen, wie Andreas ihn sich als Kind immer vorgestellt hatte.

Mit zehn hatte er die Bücher von Karl May verschlungen. Die Indianerbücher waren ihm die allerliebsten. Winnetou I bis III, die beiden Bände mit den Abenteuern von Old Surehand. Er war schon zwölf, als er sich in der Stadtbibliothek »Von Bagdad nach Stambul« auslieh. Er wollte etwas über die geheimnisvolle Heimatstadt von Sehin erfahren. Fred war jeden Tag um sie, und Andreas plante seine neu erworbenen Kenntnisse beiläufig anzubringen.

Sehin herrschte uneingeschränkt über ihre kleine Gruppe, die langsam aus dem Kindesalter herauswuchs. Noch immer trafen sie sich, sooft sie konnten, im Hause der Kayas. Sehins Mutter war wieder zurück nach Istanbul gezogen, und ihr Vater arbeitete immer noch in Wechselschicht im Filterwerk. Seinen Schichtplan kannten sie auswendig, denn wenn er arbeitete, lagerten sie alle auf dem Kelim in seinem Wohnzimmer.

Damals rumorten bereits die Hormone in ihren Blutbahnen.

Sie spielten Mensch-ärgere-dich-nicht. Zu sechst: Sehin, Fred, Ilse, Jochen, Herbert und Andreas. Wer in diesem Spiel eine Sechs würfelt, darf noch einmal würfeln. Wer eine zweite Sechs warf, durfte Sehin küssen.

Jochen war auf diese Idee gekommen. Er hatte eine Sechs und setzte seinen blauen Stein weiter und warf eine von Freds Figuren aus dem Spiel. Ilse, die häufig gewann, hatte schon drei Steine in Sicherheit, und ihre letzte Figur erreichte vielleicht mit dem nächsten Zug ihr Ziel. Mit einer zweiten Sechs konnte Jochen sie hinauswerfen.

Er nahm den Würfel in beide Hände und schüttelte ihn.

»Eine Sechs, wirf eine Sechs!«, schrie Sehin.

»Nur nicht«, zischelte Ilse.

Jochen schüttelte die Hände über dem Kopf, sprang auf und schüttelte sie hinter dem Rücken.

»Eine Sechs brauche ich.« Er tanzte wie ein indianischer Medizinmann.

»Sex brauchst du«, schrie Fred dazwischen, und alle lachten.

»Wirf endlich, du schaffst es doch nicht«, zischte Ilse.

»Er schafft es. Er schafft es. Wenn du eine Sechs würfelst, darfst du dir etwas wünschen!«, rief Sehin.

Schweigen.

Jochen erstarrte in einer grotesken Pose, die Hände noch immer hinter dem Rücken, und sah sie an.

»Einen Kuss«, sagte er, »dann will ich einen Kuss von dir.«

Nun sahen alle Sehin an.

»Wenn du eine Sechs wirfst, bekommst du einen Kuss«, sagte sie ernst. Andreas blieb das Herz stehen.

Jochen konzentrierte sich.

Er warf.

Der Würfel rollte über den Kelim und blieb liegen.

Eine Sechs.

Stille. Selbst Ilse sagte keinen Ton.

»Komm mit!«, sagte Sehin zu Jochen, und die beiden gingen hinaus.

Verlegenes Schweigen breitete sich unter den Zurückgebliebenen aus. Dann kamen Sehin und Jochen still zurück und setzten sich wieder. Jochen nahm die Figur Ilses aus dem Spiel und setzte sie auf den Ausgangspunkt zurück. Sehin nahm den Würfel und warf eine Drei.

Andreas studierte ihr Gesicht. Er wollte genau ergründen, ob sie verändert wirkte, aber er konnte nichts entdecken.

Eine halbe Stunde später warf Fred zwei Sechsen hintereinander.

Alle jubelten. Fred strahlte.

»Du kannst auch Ilse küssen, wenn du willst«, sagte Sehin.

»Auf keinen Fall«, giftete Ilse.

Fred setzte sich neben Sehin, und die beiden knutschten.

»Jetzt ich.« Herbert konnte es kaum abwarten, bis er den Würfel hatte. Er warf eine Zwei.

Am nächsten Tag warf Ilse zweimal die Sechs.

Alle jubelten.

»Ich will den Andreas küssen«, sagte sie.

Sie saß sofort neben ihm und küsste ihn auf den Mund.

Es war nicht schlecht, erinnerte sich Leuchtenberg. Nicht so nass, wie er befürchtet hatte, aber als sie von ihm abließ, sah er in Sehins ironisch funkelnde Augen.

»Vielleicht wirfst du auch mal eine Sechs«, sagte sie.

Andreas zuckte mit den Schultern. Und würfelte. Während der Würfel über den Kelim rollte, betete er sogar.

Eine Vier.

Beten hilft nicht.

Am nächsten Tag brachte er das Karl-May-Buch mit.

»Karl May ist doch langweilig, was für Babys«, grölte Fred und baute das Brettspiel auf.

»Lies doch was vor«, sagt Sehin, und er las.

Später spielten sie wieder Mensch-ärgere-dich-nicht, und Andreas warf seine erste Doppel-Sechs.

Lautes Gejohle.

»Komm mit«, sagte Sehin und ging hinaus. Verlegen folgte er ihr. Draußen nahm sie ihn an der Hand, führte ihn in den Flur, zur Kellertür, mit der Linken öffnete sie diese und zog ihn auf die halbe Höhe der Kellertreppe. Die Tür glitt wieder zurück, und nur durch einen Spalt gelang etwas Licht zu ihnen, so wenig, dass Andreas ihr Gesicht nur schemenhaft wahrnahm.

»Jetzt küss mich«, sagte sie.

Unsicher und herzrasend senkte er den Kopf. Doch als seine Lippen die ihren berührten, geschah etwas Wunderbares. Der Kuss, warm und voll, schien in seinem Hirn das Denken auszulöschen. Nur Sehins Lippen spürte er, und er fühlte, wie sich ihr inneres Wesen zu ihm drängte.

Das bin ich, das mache ich, sagte er sich, und ein nie gekannter Stolz überkam ihn.

*

Leuchtenberg stand auf, trat zum Fenster und zog die Vorhänge zurück. Der Lärm der sechsspurigen Straße umfing ihn sofort.

Nun war es Nachmittag, und er beschloss, noch einmal die linke Seite der İstiklâl Caddesi zu erkunden.

Er kam sich wie ein Istanbulkundiger vor, weil er sein Ziel durch die vetraute Passage zielstrebig erreichte. Die Menschen drängten sich auf der großen Flaniermeile der Stadt. Sie standen vor den Schaufenstern der großen Modehäuser, besuchten die Kinos, welche die gleichen amerikanischen Blockbuster zeigten wie überall in Europa, und drängten sich in die Cafés oder stöberten in den Buchhandlungen und Antiquariaten nach alten oder den neusten Büchern. Sesamkringelverkäufer verkauften von roten Karren ihr Gebäck, und junge Mädchen zogen untergehakt einer unbekannten Vergnügung entgegen.

Nachdem er eine Viertelstunde gelaufen war, mündete die Straße in einen großen Platz, und mit der Beschaulichkeit der İstiklâl Caddesi war es schlagartig vorbei.

Dies muss der Taksim-Platz sein, zu dem der Mann an der Rezeption mich gestern zum Essen hinschicken wollte. Von allen Seiten schossen Autos und Taxen heran. Busse zogen ihre Kreise und suchten ihren Platz an einer der vielen Haltestellen. Bataillone von Fußgängern warteten vor den Ampeln, um in großen Pulks den Platz zu überqueren, einen Bus zu besteigen oder ein Taxi anzuhalten. Über dem gesamten Platz lag ein Hupen und Fluchen. Die Abgasfahnen der Autos und Busse und Taxen umwaberten Menschen und Häuser gleichermaßen. Sternförmig stießen die großen Verkehrsadern der Stadt an diesem Punkt zusammen und verließen ihn wieder in alle Himmelsrichtungen.

Die Gebäude, die den riesigen Platz umsäumten, schmückten sich auf ihren Dächern mit den internationalen Symbolen mondäner Weltläufigkeit: Coca-Cola, Bankenreklame, und irgendwo drehte sich das leuchtende M einer amerikanischen Fast-Food-Kette, Leuchtschriften von internationalen Hotels und von Büros der großen Fluggesellschaften.

Leuchtenberg wanderte um den ganzen Platz und benötigte fast eine halbe Stunde dazu. Er blieb vor dem modernen Mehrzweckbau des Atatürk-Kulturzentrums stehen. Die Plakate in den Schaukästen des Atatürk Sarayý kündigten Opern, Ballettabende und Konzerte an mit internationaler Besetzung.

Er marschierte einige Schritte eine steil abfallende Straße hinab, die zum Bosporus führen musste, und stand vor dem gewaltigen Komplex des Deutschen Generalkonsulats. Das renovierte klassizistische Gebäude imponierte ihm. Leuchtenberg stellte sich vor, wie einst die Vertreter des wilhelminischen Kaiserreichs hier ein- und ausgingen und mit diesem Prachtbau stolz Deutschlands Interessen im Osmanenreich repräsentierten.

Er schritt zurück zum Taksim-Platz. In der Mitte stand das Unabhängigkeitsdenkmal mit Atatürk in großer Pose.

Leuchtenberg drehte sich um und stieß heftig mit einem Mann zusammen, der durch den plötzlichen Zusammenprall zu Boden stürzte. Seine Aktentasche fiel neben ihm in den Straßenstaub. Leuchtenberg bückte sich rasch, um ihm aufzuhelfen, und entschuldigte sich umständlich auf Deutsch. Der Mann klopfte seine Hose ab und sagte: »Halb so schlimm.«

»Sie sprechen gut deutsch«, sagte Leuchtenberg verlegen, um irgendetwas zu sagen. Er hob die Aktentasche auf und reichte sie dem Mann.

»Kein Wunder«, sagte der Mann und griff schnell nach der Tasche, prüfte den Verschluss und blickte dann zu Leuchtenberg auf: »Bis vor fünf Minuten war ich noch bei einer deutschen Firma angestellt.«

Leuchtenberg sah ihn irritiert an.

»Darf ich Sie zu einem Kaffee oder einem Glas Tee einladen?«, fragte er schließlich.

Der Mann musterte Leuchtenberg mit skeptischem Blick und überlegte eine Weile.

Dann sagte er: »Gut. Aber nicht hier. Nicht am Taksim-Platz.«

*

So saßen sie sich ein paar Minuten später in einem Café in der İstiklâl Caddesi gegenüber, ganz in der Nähe des französischen Generalkonsulats.

»Ich heiße Hakan Cengiz«, sagte der Mann und reichte Andreas Leuchtenberg die Hand.

Sie fühlte sich weich an, und Leuchtenberg fielen die außergewöhnlich kleinen Finger auf. Cengiz schaute ihn aus einem offenen Gesicht mit tiefbraunen, fast schwarzen Augen an.

»Den Zusammenstoß haben Sie aber nicht inszeniert, oder?«, fragte er, nachdem Leuchtenberg sich vorgestellt hatte.

»Warum soll ich das inszeniert haben?«

»Ach, wissen Sie, der Taksim Meydanı hat schon viel gesehen. Hier versammeln sich Demonstrationen, finden Kundgebungen statt. Man weiß nie, wie viele der Männer, die dort herumstehen, in Wirklichkeit Polizisten in Zivil sind. Wahrscheinlich immer ein- oder zweihundert. Die Polizei hat den Taksim schon einmal in Blut getaucht. Am 1. Mai 1977 veranstaltete sie ein Massaker bei einer Maidemonstration – auf dem Platz und in den Seitenstraßen.«

»Und Sie haben für ein deutsches Unternehmen gearbeitet?«, sagte Leuchtenberg, der das Thema wechseln wollte.

»Ja, für den deutschen Metro-Konzern. Lebensmittelbranche. Sie haben mich gerade gefeuert.«

»Oh, das tut mir Leid.«

Der Mann winkte ab.

»Das ist nicht das erste Mal«, sagte er. »Sie werden mich auch wieder einstellen müssen. Soll ich Ihnen die Geschichte erzählen?«

Leuchtenberg nickte.

»Ich habe zwölf Jahre bei Opel gearbeitet«, sagte Cengiz. »Immer in Wechselschicht. Punktgeschweißt. Karosseriebau. Dann habe ich in Rüsselsheim einen Laden aufgemacht, und noch ein paar Jahre später zog ich nach Istanbul. In einem der Märkte bei Metro wurde ich Fachverkäufer, guter Job.«

Er machte eine kleine Pause.

Dann fuhr er fort: »Bei Opel wählten mich die Kollegen für vier Jahre in den Betriebsrat. Und als ich hier war, trat ich auch in die Gewerkschaft ein. Wissen Sie, wie das mit der Gewerkschaft hier in der Türkei funktioniert?«

Leuchtenberg schüttelte den Kopf.

»Man muss in einem Betrieb 51 Prozent der Belegschaft organisieren. Dann kann man Tarifverträge mit der Firma abschließen. Verstehen Sie? Ohne diese 51 Prozent bekommen Sie nichts.«

Er fuhr mit der Handkante durch die Luft wie mit einem Messer.

»Nur schlechtere Bezahlung«, sagte er.

Er zog aus seiner Aktentasche ein kopiertes Dokument und reichte es Leuchtenberg.

»Hier, lesen Sie«, sagte er.

Leuchtenberg sah das Papier an. Es war offensichtlich ein internes Schreiben des Metro-Konzerns.

Er überflog den Text: »Besuchsbericht Türkei 08.09. 1999 – Gewerkschaften Metro C+C: Die Herabsetzung der gewerkschaftlichen Einflussnahme war Teil einer lang vorbereiteten Strategie (Delta-Plan).« Und weiter: »Die materiellen Inhalte des Kollektivvertrages stellten einen gravierenden Wettbewerbsnachteil dar. ... Hinzu kam, dass die Gewerkschaften alles andere als einen vernünftigen sozialen Dialog gesucht haben. Im Gegenteil waren deren Aktivitäten von abgehobenen Forderungen, gepaart mit extremen Aktionen, gekennzeichnet. ... In manchen Fällen haben im Unternehmen beschäftigte Gewerkschaftsfunktionäre selbst um Auflösung des Arbeitsverhältnisses nachgesucht. In Einzelfällen wurde von Unternehmensseite mit Abfindungen – legal – nachgeholfen. Damit sank der Organisationsgrad bis Ende Juni des Jahres (= 1999) beträchtlich unter die 51-Prozent-Marke. ... Die Beendigung von gewerkschaftlichen Aktivitäten und verbunden damit die

Schließung deren Betriebsbüros wurde zu dem Zeitpunkt vorgenommen, in dem der Organisationsgrad auf unter 51 Prozent herabgesunken war. Die Vorgänge waren legal.«

Vorsichtig reichte Leuchtenberg das Blatt zurück. Er wusste nicht recht, wie er sich verhalten sollte.

Hakan Cengiz fuhr fort: »Sie haben fast 1000 Mitglieder von Tez-Koop-Is entlassen. Sie wollten das Quorum wieder unter 51 Prozent drücken. Dann müssen sie keinen Tarifvertrag abschließen. Das war 1999, und damit begann ein harte Zeit. Unsere Mitglieder bekamen keine oder nur eine geringe Gehaltserhöhung. Aktive wie ich wurden vom Betriebsschutz traktiert. Bei Neueinstellungen wurde nach Gewerkschaftsmitgliedschaft gefragt, oder die Leute wurden auf Teilzeit eingestellt, und die Arbeitszeit wurde nur dann aufgestockt, wenn sie nicht Mitglied waren.«

Eine junge Frau brachte ihnen zwei neue Gläser Tee.

Hakan kramte erneut in seiner Aktentasche, zog ein weiteres Papier heraus und reichte es Leuchtenberg über den Tisch. »Dann haben die deutschen Gewerkschaften uns geholfen. Sie riefen den Metro-Konzern zur Ordnung, und am 10. November 1999 verpflichtete sich die Metro, in der Türkei die internationalen Konventionen, das Recht auf Vereinigungsfreiheit und das Recht auf Kollektivverhandlungen anzuerkennen.«

Leuchtenberg warf einen Blick auf das Papier. »Frankfurter Erklärung« stand darüber. Er reichte es Cengiz zurück.

»So weit das geduldige Papier«, sagte dieser.

Er fuhr fort: »Zeitgleich planten sie aber bereits die Zerschlagung der Gewerkschaft. Und erneut griffen deutsche Kollegen ein, und wieder gab es ein neues Papier.«

Hakan Cengiz stöberte in seiner Aktentasche, zog einige Blätter heraus und reichte eines davon über den Tisch.

»Memorandum zur Sozialpartnerschaft in der Türkei«. Leuchtenberg las nur die Überschrift.

»Darin verpflichtet sich der Konzern, die Repressalien zu stoppen«, sagte Hakan Cengiz und fuhr sich mit einer Hand durch die Haare.

Dann sagte er wieder leise: »So weit das geduldige Papier.«

Die beiden tranken einen Schluck Tee. Hakan wirkte erschöpft. Von Leuchtenberg war das unangenehme Gefühl gewichen, wider Willen mit den intimen Sorgen einer Nachbarsfamilie konfrontiert zu werden. Er beugte sich nach vorne.

»Und – wie ist die Lage nun?«, fragte er den Türken.

»Jetzt wenden sie einen ganz cleveren Trick an. Sie haben eine neue Gewerkschaft ausgegraben – die Sosyal Is. Das ist eine kleine Gewerkschaft und im Handel ganz unbedeutend, bei der Metro hatte sie kein einziges Mitglied. Erst traten Führungskräfte ein, und diese sollten die Beschäftigten nachziehen. Wir haben eidesstattliche Versicherungen, dass von den Beschäftigten in einigen Betrieben die Personalpapiere eingezogen wurden. Kopien davon wurden benutzt, um Beitrittsformulare zur Sosyal Is auszufüllen. Wer nicht unterschrieb, wurde mit Kündigung bedroht.«

Hakan Cengiz schwieg erschöpft.

»Ich habe das nicht mitgemacht«, sagte er leise.

Leuchtenberg nickte.

»Sagen Sie«, sagte Hakan, »ist es das, was Europa uns bringen wird?«

»Ich weiß es nicht«, erwiderte Leuchtenberg.

Eine halbe Stunde später schritt Leuchtenberg die İstiklâl Caddesi zurück zum Pera Palas. Es wurde dunkel. Immer noch war es warm.

Eyüp

Vom Hotelzimmer aus wählte er Ilses Nummer, doch noch immer meldete sich nur der Anrufbeantworter. Diesmal hinterließ er eine Nachricht.

»Ilse«, sagte er, »hier spricht Andreas. Ich bin in einem Hotel in Istanbul. Ich möchte wissen, wo Ute ist und wie es ihr geht. Meine Handynummer kennst du ja.«

Er ging hinunter an die Bar und bestellte ein Bier.

Ilse würde toben, wenn sie die Nachricht abhörte. Ihr war bestimmt sofort klar, dass er Sehin suchte. Deren Schatten hatte von Anfang an über ihrer Ehe gelegen.

Er erinnerte sich an den Abend, als die ARD im Spätprogramm den »Orient-Express« wiederholte. Ute schlief bereits, und der Film fing gerade an, als der Schlüssel sich im Türschloss drehte und Ilse von dem halbjährlich stattfindenden Elternabend nach Hause kam. Sie zog im Flur ihren Mantel aus, ging in die Küche und holte sich ein Bier aus dem Kühlschrank, kramte in der Küchenschublade geräuschvoll nach dem Flaschenöffner, kam ins Wohnzimmer, ließ sich neben ihn auf die Couch fallen und küsste ihn achtlos. Mit einem Seufzer streifte sie sich die Schuhe von den Füßen, während sie gleichzeitig die Flasche öffnete. Blopp machte es, dann konzentrierte sie sich auf den Film. Der Zug hatte Konstantinopel bereits verlassen, und Richard Widmark vertraute Hercule Poirot gerade an, er fühle sich bedroht.

»Nee, Andreas, das ist jetzt nicht wahr – dass du hier den Orient-Express anschaust, während ich nicht da bin.«

»Du bist doch jetzt da«, sagte er und sah sich nach der Fernbedienung um.

»Findest du nicht, dass du zu weit gehst?«, fragte sie gespreizt und stand auf. Sie ging zum Fernseher und schaltete ihn ab.

»Diesen Film will ich in unserem Haus nie wieder sehen«, sagte sie.

Merkwürdig, dachte er, nun sitze ich in dem Hotel, das einst zum Orient-Express gehörte. Hier stiegen die vornehmen Reisenden ab. Jetzt warte ich auf Sehin, die den ersten Versuch torpedierte, diesen Film zu sehen; und meine Frau verhinderte aus Eifersucht den zweiten.

Er beschloss, sich in Deutschland das Video zu kaufen. Dann bestellte er ein neues Bier.

Andreas betrachtete das leere Glas. Wann hatte das eigentlich angefangen mit diesen ständigen Vorwürfen von Ilse? Es muss schon vor Utes Geburt gewesen sein.

Der Kellner brachte das zweite Bier.

Zu Beginn ihrer Ehe, in den ersten zwei oder drei Jahren, hatte Ilse regen Anteil an seinem Berufsleben genommen. Sie freute sich auf die jährliche Einladung des alten Gehring, der sie mochte. Grüßen Sie mir Ihre hübsche Frau, hatte der Senior immer gesagt.

Ilses Eltern arbeiteten damals beide im Filterwerk, ihr Vater war Einsteller und würde in ein paar Jahren in Rente gehen. Ilses Mutter arbeitete halbtags in der Lohnbuchhaltung. Und seine Schwiegereltern waren zufrieden mit ihm. Sie hatten ihrer Tochter eine Ausbildung zur Kindergärtnerin ermöglicht, Ilse wurde stellvertretende Leiterin des städtischen Kindergartens, und so fanden es die beiden Alten richtig: Die Kinder sollten es einmal besser haben.

Aber dann hatte sich etwas verändert.

Vielleicht hing es mit den Fortbildungsveranstaltungen zusammen, die sie damals besuchte. Transaktionsanalyse, sagte Ilse. Eine Woche Transaktionsanalyse.

Leuchtenberg, jeden Tag damit beschäftigt, große Produktionsmaschinen bis in die kleinsten Fertigungsebenen zu analysieren, hatte aufgehorcht. Transaktionsanalyse – das klang beeindruckend. Aber trotz der wortreichen Erklärungsversuche Ilses kam er nie ganz dahinter, was da bei dieser Fortbildung konkret analysiert wurde.

»Es geht darum, dass ich o.k. bin und du auch. Und die Kinder, selbst die nervigsten, sind o. k.«, sagte sie schließlich.

Andreas begriff nicht, warum sie für diese Erkenntnis ein Seminar besuchen musste, aber wenn es für Ilse wichtig war – er wollte ihr nicht im Wege stehen.

Irgendwann fing sie an, ihn wegen seiner technischen Arbeit zu verachten. Sie sagte, dass er zu den wichtigen, den geistigen Dingen keinen Zugang habe, weil er zu technisch fixiert und vollkommen einem mechanischen Weltbild verhaftet sei.

Damals beschäftigte sie sich bereits mit Horoskopen. Später legte sie abends Tarotkarten mit einer Freundin. Wenn er dazukam, kicherten sie wie Schulmädchen, und Ilse sagte zu ihr, Andreas habe keinen Zugang zur spirituellen Welt.

Vor ihren Freundinnen begann sie sich seiner zu schämen. Sie redete in einem entschuldigenden Ton von ihm, sogar in seinem Beisein, als litt er an einer rätselhaften Krankheit, die es ihm unmöglich machte, ihre höheren Weisheiten zu verstehen.

Schließlich eröffnete sie ihm, sie wolle den Beruf wechseln.

»Oder möchtest du, dass ich mit sechzig noch Kleinkinder erziehe?«

Ihm schien das so unglaublich weit entfernt, aber er schüttelte den Kopf und fragte, ob sie eine Idee habe, was sie stattdessen machen könne.

»Ich könnte mich doch mit Reiki selbstständig machen. Eine eigene Praxis aufmachen«, sagte sie.

Er hatte keine Ahnung, was Reiki war, aber »selbstständig machen« klang recht abenteuerlich – zumindest wollte es gut überlegt sein. Man brauchte einen Geschäftsplan und eine Bank. Die fixen Kosten müssten berechnet werden. Vorsichtig stellte er eine Frage in diese Richtung, und sie regte sich über seine unsensible Art auf, sie sofort mit den »technischen Details« ihres Wunsches zu konfrontieren.

Es ginge doch um etwas ganz anderes.

»Um was?«, fragte er sie, doch sie winkte nur ab, als könne er ihre Antwort doch nicht verstehen.

Seit diesem Tage schien ihm seine Frau von der Furcht geplagt, das Leben zu verpassen. Wie in einer Falle schien sie gefangen, und Leuchtenberg gab ihr zu verstehen, dass er zu ihr stünde, was immer sie unternehme.

Er selbst war zufrieden mit seiner Stellung in der Welt. Er beschäftigte sich mit Verpackungsmaschinen: mit antiseptischen Verpackungsmaschinen. Dank seiner Arbeit konnte die Menschheit nun Kaffeesahnebecher öffnen, ohne dass die Sahne Hände und Kleidung versaute. Sicher, es gab Leute, die Wichtigeres zur Zivilisation beitrugen, aber viele leisteten weniger als er.

Manchmal warf sie ihm vor, er habe keine Träume mehr. Keine Visionen, so sagte sie. Aber das stimmt doch nicht, wollte er seiner Frau sagen. Doch er wusste im gleichen Augenblick, eine Antwort wäre zwecklos gewesen, weil sie ihn doch nicht verstand. Leuchtenberg arbeitete schon länger an einer Maschine, die CDs verpacken konnte. Er hasste es, die Plastikhülle von CDs abzureißen. Immer musste er eine Schere zu Hilfe nehmen oder mit einem Schlüssel die Plastikhaut zerfetzen, und häufig ging dabei die CD-Hülle kaputt. Die Verpackungen von CDs, da war er sich sicher, war die schlechteste Ingenieurleistung auf dem Gebiet der Verpackungstechnik, und das wollte er ändern.

Es wäre vollkommen sinnlos gewesen, mit Ilse darüber zu reden. Sie verstand ihn nicht oder wollte ihn nicht verstehen. Mehr noch, sie schien mehr und mehr davon überzeugt, ihr eigentliches Problem sei er – und kritisierte ihn wegen jeder Kleinigkeit und verachtete alles, was er tat. Seinen Beruf, seine Vorliebe für Weißwein, seine Freude, wenn der VfB Stuttgart ein Auswärtsspiel gewann, seine Unordnung, wenn er wieder einmal einen seiner alten Pullover auf der Couch liegen gelassen hatte.

Er war mit ihrem Zusammenleben zufrieden, aber Ilse war es nicht. Deshalb stritten sie. Manchmal sagte er zu ihr: Ilse, wir kommen aus der Unteren Bahnhofstraße, und er wollte damit sagen: Schau her, Ilse, wir haben das Beste aus unserem Leben gemacht.

Eine Woche lang führte er eine Strichliste. Für jede Kritik an ihm setzte er ein Kreuz und für jede neutrale oder freundliche Ansprache einen Strich. Zum Schluss überwogen die Kreuze im Verhältnis zwei zu eins.

Das ist meine Transaktionsanalyse, dachte er bitter.

Dann wurde sie schwanger, Ute wurde geboren, und sie bekamen eine neue Chance.

Wir haben sie verpasst, dachte er.

Schnell bestellte er sich noch ein Bier.

*

Am Morgen quälten ihn Kopfschmerzen. Er wurde kurz nach sechs wach, wie jeden Morgen. Seit Jahren schon brauchte er keinen Wecker. Seine innere Uhr war unerbittlich und nahm keine Rücksicht darauf, ob er Urlaub hatte oder arbeiten musste.

Im Frühstücksraum trank er zwei Tassen Tee, um die Kopfschmerzen zu vertreiben. Dann aß er etwas Obst und Gemüse. Langsam klangen die Schmerzen ab.

Zwei Tische weiter saß die türkische Sekretärin mit ihren Listen und nippte an einer Tasse Kaffee. Sie hatte aufgeblickt und kurz gelächelt, als Leuchtenberg den Raum betrat. Darüber hatte er sich gefreut.

Wenig später trat ihr Chef an den Tisch, begrüßte die Frau, und dann vertieften sie sich erneut in Zahlen und Tabellen. Nach einer Weile war sich Leuchtenberg nicht sicher, ob der Mann der gleiche war, mit dem die Frau gestern Morgen gefrühstückt hatte. Er zuckte mit den Schultern. Es war halb neun.

Mal gespannt, ob mein türkischer Freund von gestern mich tatsächlich zu einem Ausflug abholt, dachte er.

Fatih Savas saß bereits in der Lobby auf einer der gepolsterten Bänke am Fenster. Er rutschte auf dem Plüsch hin und her und fühlte sich sichtbar unwohl. Er trug das gleiche, leicht verschmutzte Hemd von gestern.

Als Leuchtenberg auf ihn zutrat, lachte Fatihs ganzes Gesicht, und der Goldzahn blitzte fröhlich aus einer hinteren Ecke seines Schlunds.

»Mein Freund«, rief er, »ich bin froh, dass du mich nicht vergessen hast.«

Er tanzte um Leuchtenberg herum und schien sich tatsächlich zu freuen, nahm ihn am Arm und zog ihn aus dem Hotel.

Es würde ein schöner Tag werden. Es war warm, aber ein leichter Wind verschaffte ihnen gleichzeitig etwas Kühlung.

»Was machen wir nun?«, fragte Leuchtenberg.

»Wir nehmen ein Taxi und fahren zur Eyüp Moschee«, sagte Savas.

Leuchtenberg öffnete die Tür eines der gelben Wagen, die vor dem Hotel warteten.

»Nein, nein«, rief der Türke, »wir müssen erst verhandeln. Nicht mit dem Taxameter fahren, sondern Festpreis. Das ist besser.«

Er hielt ein Taxi an, kletterte sofort auf den Beifahrersitz und redete mit dem Fahrer. Der schüttelte den Kopf, doch Fatih Savas redete weiter, der Fahrer schüttelte erneut den Kopf, und Savas kletterte wieder aus dem Wagen. Das Taxi fuhr davon.

Erst der vierte Fahrer ließ sich auf die Summe ein, die Savas ihm bot.

Leuchtenberg ließ sich auf Rücksitz fallen.

Sein türkischer Freund musste den Fahrer um viele Prozente heruntergehandelt haben, denn der rächte sich nun durch seinen Fahrstil. Er überholte, wo es verboten war, ignorierte sämtliche rote Ampeln, und als sie die breite Straße zur Galatabrücke hinunterrasten, fuhr er fast hundert Meter auf der Gegenfahrbahn, um den Stau auf ihrer Fahrseite zu umgehen.

Leuchtenberg staunte erneut über das Gedränge der Angler auf der Brücke.

Nach dem Goldenen Horn hielt der Fahrer sich rechts. Er wirkte nun entspannter und plauderte laut mit Fatih Savas. Leuchtenberg lehnte sich zurück und betrachtete das Straßenbild.

Sie waren fünfzehn Minuten gefahren, da fiel Leuchtenberg die Veränderung auf. Frauen mit Kopftüchern, manche ganz verschleiert. Die Männer trugen Bärte.

Die Gegend wurde ärmlicher. Sie kamen an einer Textilfabrik vorbei, aus der schlimmer Gestank ins Taxi wehte, sodass der Fahrer seine Scheibe hochdrehte. Langsam schien sich die Stadt aufzulösen in ein Gemenge aus Stein, Abgasen, Lärm und dem Gestank der Industrie.

Die Menschen auf der Straße erinnerten ihn nun mehr an die Gastarbeiter, die er aus seiner Stadt und von seinen Ferienjobs im Filterwerk her kannte. Es waren einfach gekleidete Menschen, denen man die bäuerliche Herkunft noch an ihrer Physiognomie ansah. Wettergegerbte Gesichter. Als er einen alten Mann mit weißem Bart und grüner Pudelmütze erblickte, war er für einen Augenblick sicher, den Mitreisenden aus dem Flugzeug erkannt zu haben.

Die städtischen Menschen in der İstiklâl Caddesi und am Taksim hatten erstaunlicherweise fremder auf ihn gewirkt als die, durch deren Viertel er nun fuhr und die sein Bild vom türkischen Menschen geprägt hatten. Nun wurde ihm bewusst, wie falsch und einseitig es war.

*

Das Taxi fuhr weiter. Einmal zeigte sich die große Autobahnbrücke, die sich mehrspurig über das Goldene Horn wölbte. Über vierzig Minuten waren sie nun schon unterwegs, und der Fahrer schaltete erneut in den vierten Gang.

Schließlich wurde die Gegend grüner, die Häuser wurden kleiner, und dann hielt das Taxi an.

»Wir sind da«, sagte Fatih.

»Wir teilen die Fahrtkosten«, sagte Leuchtenberg und griff nach seinem Geldbeutel.

»Lass gut sein. Wir sind doch Freunde«, antworte Fatih und drückte dem Fahrer ein Bündel abgezählter Geldscheine in die Hand, die dieser sofort nachzählte.

Sie stiegen aus. Leuchtenberg sah sich um. Sie befanden sich auf dem Kamm eines Berges.

»Komm mit!« Fatih winkte ihm zu und eilte voraus.

Nur wenige Meter weiter bot sich ihnen eine überwältigende Aussicht. Das Goldene Horn endete im Tal unter ihnen. Es lag silbern da wie die gewundene Schwanzspitze eines mythischen Drachens. Ein kleines Café mit Teegarten zog sie an. »Piyer Loti« stand über dem Eingang.

Die beiden Männer setzten sich an einen Tisch und bestellten Tee. Vor ihnen lag nicht nur der Ausläufer des Goldenen Horns, von Weitem sahen sie auch die Altstadt Istanbuls mit ihren Moscheen und Minaretten. Über ihnen lärmten die Vögel in den Bäumen, die Luft war würzig, und es gab Schatten.

»Das ist wirklich ein schöner Platz«, sagte Andreas, »und eine schöne Stadt.«

»Das Café ist nach Pierre Loti benannt. Sagt dir der Name etwas?«

Leuchtenberg schüttelte den Kopf.

»Ein Schriftsteller, Franzose, außerdem noch Offizier und Diplomat. Er traf sich hier mit seiner Liebsten und schrieb später über diesen Ort.«

»Den hat er gut ausgesucht.«

Fatih nickte zustimmend. Mit dem Zeigefinger der rechten Hand fuhr er sich im Mund herum.

»Mein Goldzahn sitzt locker«, sagte er, »und tut mir auch ein bisschen weh.«

Leuchtenberg sah zu ihm hinüber. Fatihs Zeigefinger kreiste im Mund.

Dann zuckte sein türkischer Freund mit den Schultern und sprang auf.

»Komm, ich zeige dir etwas anderes«, rief er.

Er bezahlte die beiden Tees. Dann gingen sie ein paar Meter weiter und betraten durch eine schmale Pforte einen Friedhof.

Fatih dreht sich zu ihm um.

Er sagte: »Unten im Tal liegt liegt Eyüp-Camii, die Moschee des Sultans Eyüp. Sie ist nach Mekka, Medina und Jerusalem das größte Heiligtum des Islam. Dieser Sultan war ein sehr guter Mann. Er gab immer nur den Armen. Immer nur geben, verstehst du? Deshalb verehren wir ihn immer noch. Und er war ein Vertrauter des Propheten. Er starb, als unsere Leute Konstantinopel belagerten. Und wurde hier begraben. Und der Friedhof hier«, er machte eine ausladende Geste, »kam deshalb zustande, weil die Leute nicht nur in ihrem Leben, sondern auch nach dem Tode diesem Heiligen nah sein wollten. Verstehst du?«

Leuchtenberg nickte.

Auf dem Weg abwärts kamen sie an Gräbern aus dem 15. und 16. Jahrhundert vorbei. Einige verwilderte Gräber schmückten mannshohe Grabmäler. Die meisten Grabsteine waren mit arabischer Schrift versehen. Leuchtenberg vermutete, dass sie Koransuren enthielten.

»Hier liegen Sultane, osmanische Generäle, und auch die Türbe des Großwesirs Sokullu Mehmet Paşa steht hier«, sagt Fatih.

Er wies auf eines der Grabmäler.

»Kannst du erkennen, was da auf der Grabstele liegt?«, fragte er dann.

»Ein Turban.«

»Genau. Und dort?«

Er wies auf ein anderes Grab.

»Eine Blüte.«

»Genau. In den Gräbern mit dem Turban ruhen Männer, in denen mit einer Blüte liegen Frauen.«

»Wann ist Eyüp denn gestorben?«, fragte Andreas.

»Mmh.« Fatih kratzte sich am Hinterkopf.

Er sprach einen Mann mit weißem Bart an, der ihnen entgegenkam. Die beiden sprachen schnell und lange miteinander und schienen etwas zu diskutieren. Schließlich trennten sie sich mit einer Verbeugung.

Fatih griff sich in den Mund und bewegte den Goldzahn hin und her.

»Mein Zahn schmerzt«, sagte er, »ich muss nachher unbedingt einen Raki trinken.«

Leuchtenberg lachte.

»Nur wegen dem Zahn.« Nun lachte Fatih auch.

Dann sagte er: »Eyüp ist bei der ersten Belagerung Konstantinopels gestorben. Er führte 668/669 ein großes Heer. Aber die Griechen waren stärker, und wir konnten die Stadt nicht nehmen. Eyüp starb während der Belagerung. Acht Jahrhunderte später kam Mehmet II, und diesmal klappte es. Konstantinopel wurde unser. Und da geschah ein Wunder. Ein Engel wies den Weg zu den Überresten von Eyüp, er wurde gefunden und hier begraben in einer wunderbaren Türbe – du wirst sie gleich sehen.«

»Und die osmanischen Herrscher hatten ein eigenes Heiligtum. Sie waren in religiösen Dingen nicht mehr auf Mekka und Medina allein angewiesen…«, sagte Leuchtenberg.

Als sie die Talsohle fast erreicht hatten, kam ihnen eine

Gruppe islamischer Pilger entgegen. Sie blieben vor einem besonders prächtigen Grab stehen und beteten.

»Wer liegt denn da drin?«, fragte Andreas.

Fatih winkte ab.

»Na, sag schon.«

Savas drehte sich wütend um.

»Hast du das Schild neben dem Grab gesehen?«

»Ja, da stand etwas auf Türkisch drauf.«

»Da steht: ›Nicht anbeten‹. Das bedeutet dieses Schild.«

Er stampfte unwillig mit dem Fuß auf.

»Und warum betet diese Gruppe dann doch?«

»Weil sie abergläubisch sind. Ein Moslem darf nur zu Gott beten, nicht aber zu Heiligen und erst recht nicht zu den Leuten, die in der Nähe eines Heiligen liegen.«

Fatih schien immer ungehaltener zu werden.

»All diese Toten hier waren auf der Erde schon so reich, dass sie sich hier einen Platz in der Nähe des Heiligen beschaffen konnten. Wie sagt ihr in Deutschland? Sie liegen in der ersten Reihe. Bei unserer Religion sind aber alle Menschen gleich, ob arm oder reich, wenn sie nur gute Moslems sind. Man darf nicht zu den Toten beten, bloß weil sie im Leben reich gewesen sind.«

Er stampfte wütend vorwärts. Leuchtenberg lief hinter Fatih her. Er sah sein fleckiges Hemd und seine abgelaufenen Schuhe. Er verstand seinen neuen Freund. Jemand wie er würde nie in der Nähe des Eyüps begraben werden.

Gott ist groß

Schon von Weitem hören sie den blechernen Ruf aus den Lautsprechern: »Allahu akbar. Gott ist groß. Ich bezeuge, dass es keinen Gott außer ihm gibt. Ich bezeuge, dass Mohammed sein Prophet ist.«

Fatih übersetzt, aber Leuchtenberg nimmt seine Worte kaum wahr: Mit zur Seite geneigtem Kopf lauscht er der Melodie des Muezzins. Eine Beschwörung, denkt er: Es klingt wie eine magische Beschwörung.

Während der Muezzin singt, bleiben alle Passanten vor dem Eingang der Moschee stehen. Nur ein Mann in einer grauen Steppjacke, der auf einem Schubkarren ein Schaf zum Schächten in die Moschee bringt, schiebt die Karre vorsichtig weiter, offenbar von der Sorge getrieben, das Tier könne fliehen.

Dann betreten sie durch ein wuchtiges Steintor den Vorplatz der Moschee.

»Bald beginnt das Mittagsgebet«, sagt Fatih, und tatsächlich ist der Platz bereits von zahlreichen Gläubigen bevölkert.

Das ist der heiligste Platz der Türkei, denkt Leuchtenberg. Riesige Platanen umstellen das Areal und spenden Schatten. Touristen sieht er nicht. Stattdessen aber Hunderte von Tauben, die Körner auf dem Platz picken. Hin und wieder fliegen einige träge auf, um sich gleich wieder niederzulassen und mit der Mahlzeit fortzufahren. An diesem Platz haben sie nichts zu befürchten.

Unter einem überdachten kleineren Gebäude waschen

sich einige Männer, wie der Koran es ihnen vorschreibt. Leuchtenberg kennt die Rituale. Sehins Vater hatte ihn manchmal dabei zuschauen lassen: Er wusch zunächst die Hände, dann Mund und Nase von innen, was Andreas besonders faszinierte, und schließlich das Gesicht bis zum Haaransatz und den Ohren, die Arme einschließlich der Ellbogen und zum Schluss die Füße.

Hinter dem Reinigungsbrunnen ragen zwei mächtige Minarette vor der großen Hauptkuppel in den blauen Himmel. Sie ist geschmückt mit umlaufenden, wabenförmigen vergitterten Fenstern und ruht auf acht Säulen, die sich harmonisch mit weiteren Halbkuppeln verbinden.

Vor dem Eingang der Moschee stehen Dutzende von Männern, viele weißhaarig, fast alle mit Bärten.

Fatih zieht ihn auf die andere Seite des Platzes.

»Das ist das Grab von Eyüp«, sagt er und deutet auf einen Bau, der an beiden Seiten mit in Blautönen gehaltenen Fliesen versehen ist. In der Mitte sieht Leuchtenberg ein goldenes Gitterwerk mit einem kleineren, geöffneten Fenster.

»Das ist das Wunschfenster«, sagt Fatih.

Bevor Leuchtenberg nachfragen kann, zieht ihn Fatih näher zu dem Grabmal hin. Mehrere Frauen stehen davor, alle mit Kopftuch, alle betend. Eine alte Frau, die unmittelbar vor dem Wunschfenster verharrt, hebt beide Hände zum Himmel und scheint etwas Dringendes zu erflehen. Dann fährt sie mit der Rechten über die Kacheln und berührt sich kurz an Kopf und Bauch. Leuchtenberg kommt es vor, als würde sie ein Kreuz schlagen. Die Frau wendet sich ab, und eine andere nimmt ihren Platz ein.

Fatih zieht ihn nun wieder von der Szene weg. Er scheint ihm etwas Dringendes sagen zu wollen.

»Der Imam sieht das nicht gerne«, sagt er.

»Dass ich neben den Frauen stehe?«, fragt Leuchtenberg und denkt an den Vorfall im Flugzeug.

»Nein. Die Frauen erflehen sich irgendeinen Vorteil – dass ihr Mann wieder Arbeit findet oder die Tochter wieder gesund wird. All ihre Sorgen tragen sie zum Eyüp. Das tut ein Moslem nicht! Ein Moslem macht keinen Handel mit Gott und schon gar nicht mit den Heiligen. Das ist Aberglaube.«

Er stampft mit dem Fuß auf.

Die Stimmung vor der Eyüp Sultan Camii Moschee erinnerte Leuchtenberg an eine Pilgerfahrt, die er als Kind unternommen hatte. Als er sechs Jahre alt war, nahm ihn seine Tante mit auf eine Pilgerfahrt zum Heiligen Rock nach Trier. Er erinnerte sich noch an die merkwürdige Atmosphäre rund um den Trierer Dom, eine Mischung von Volksfrömmigkeit, Aberglaube und Kommerz. Einer der zahllosen Händler am Wegrand knöpfte ihm die zehn Mark ab, die seine Mutter ihm für Notfälle mitgegeben hatte, und verkaufte ihm dafür einen billigen Rosenkranz. Als er ihr das Mitbringsel stolz zeigte, schimpfte sie. Zehn Mark waren damals viel Geld.

Für die Fahrt nach Trier schien sich seine Tante vorgenommen zu haben, die laxe religiöse Erziehung des Sprößlings ihrer Schwester mithilfe eines Crashkurses nachzuholen. Während der vierstündigen Anfahrt mit dem Zug erklärte sie Andreas, was ein guter Katholik tun dürfe und was nicht, was eine schwere oder eine minderschwere Sünde sei. Sie malte ihm die Qualen der Hölle in derart grellen Farben aus, sodass er sich vornahm, die Belehrungen genau zu befolgen.

Auch Sehin und ihr Vater stritten sich oft darüber, was ein Moslem dürfe und was nicht. Sowohl Herr Kaya als auch

Sehin befolgten einige Regeln ihrer Religion und andere nicht. Keiner von beiden verrichtete die vorgeschriebenen täglichen Pflichtgebete. Sehin waren sie zu umständlich; ihr Vater fand keine richtige Entschuldigung für die Nichteinhaltung, außer dem Schichtplan der Fabrik. Adem Kaya fastete im Ramadan, Sehin nicht. Ihr Vater war nie nach Mekka gepilgert, legte auch keinen Wert auf die Reise, doch Sehin wollte unbedingt dorthin. Beide hassten Schweinefleisch mit einer Andreas unverständlichen Inbrunst.

»Weißt du«, sagte Sehins Vater einmal zu ihm, »Allah gab uns Regeln mit auf den Weg, als wir noch ein Nomadenvolk waren. Ich glaube, er hielt uns für klug genug, diese Regeln anzupassen, wenn wir stattdessen in Städten leben, Autos fahren und Flugzeuge bauen.«

»Was ist das Wichtigste für einen Moslem?«, hatte Andreas ihn damals gefragt.

»Für mich«, hatte Sehins Vater geantwortet, »ist das Wichtigste, dass jeder Moslem regelmäßig für die Armen spendet. Dadurch halten wir zusammen. Wir verhindern, dass ein Teil von uns in Armut lebt und sich kein anderer Moslem um sie kümmert. Das unterscheidet uns von den Christen. Der Moslem ist gehalten, die Unterschiede zwischen Arm und Reich nicht zu groß werden zu lassen.«

Sehin erzählte ihm später, ihr Vater gebe zehn Prozent seines Einkommens für die Unterstützung von bedürftigen Moslems, und so wolle sie es später auch halten.

*

Erst als die Moschee sich leerte, gingen Fatih und Andreas hinein. Sie zogen die Schuhe vor dem Eingang aus und stellten sie in die Reihe zu den anderen.

Im Innern bewunderte Leuchtenberg die großartig ausgemalte Kuppel, die von acht Halbkuppeln umgeben war. Fatih setzte sich auf einen der kostbaren Teppiche und senkte den Kopf. Andreas kam sich fremd vor. Still zog er sich in den hinteren Teil der Moschee zurück und wartete dort auf seinen Freund.

Als sie das Gebetshaus wieder verließen und gerade ihre Schuhe anzogen, sprach ein bärtiger Mann Fatih in unwirschem Ton an. Sein Freund verbeugte sich zweimal und zog schnell einen Geldschein aus der Tasche, den er dem Mann gab. Der drehte sich wortlos um und verschwand.

Sie verließen das Moscheegelände durch den barock wirkenden Turm. Auf dem Platz dahinter waren Souvenirstände aufgebaut. Fatih schlenderte zu einem Stand und kaufte eine kleine Gebetskette aus blauen Steinen.

»Das ist ein Geschenk. Als Erinnerung an das Große Heiligtum der Türken«, sagte er.

Leuchtenberg war gerührt. Wann hatte er zuletzt in so kurzer Zeit einen Freund gefunden? Er sah Fatih an, in seiner vierschrötigen Haltung, dem schmuddeligen Hemd, den abgelatschten Schuhen, und er bedankte sich.

»In meiner Kindheit besaß ich etwas Ähnliches, bei uns heißt es Rosenkranz«, sagte er.

»Ja, ich weiß«, sagte Fatih, »das hatten in Köln auch viele Christen. Einige behaupten, die Kreuzfahrer hätten diese Gebetsketten mit nach Europa gebracht und die Christen machten daraus den Rosenkranz. Aber in Köln hat mir einer eurer Priester erklärt, den Rosenkranz habe es bei euch schon viel früher gegeben.«

Dann sagte er: »Jetzt müssen wir etwas essen gehen.« Und steckte den Finger in den Mund, um den schmerzenden Zahn zu bewegen: »Und ich brauche Raki, um den Schmerz zu lindern.«

Leuchtenberg lachte, und dann gingen sie.

*

Fatih war mit keinem der Restaurants der Umgebung zufrieden. Er lief hinein, erkundigte sich bei den Kellnern, kam wieder zurück, lief ins nächste Restaurant, kam kopfschüttelnd wieder heraus und rannte weiter.

In einer Seitenstraße fand er schließlich ein Lokal, das ihm gefiel. Es war lang wie ein Schlauch, und im Inneren stand ein kleiner Kamin, auf dem Kohle glühte.

»Setz dich, hier sind wir richtig«, sagte Fatih. »Bist du einverstanden mit gegrilltem Fleisch, ein bisschen Köfte, also Hackfleisch und Salat?«

Leuchtenberg nickte.

»Mein Zahn, mein armer Zahn«, stöhnte Fatih.

Er sprach auf den Kellner ein, endlos lang, wie es Andreas erschien. Dann lagen einige Fleischstücke auf dem Grill, eine Flasche Raki und zwei Gläser standen vor ihnen, und die beiden Männer prosteten einander zu.

Bald darauf servierte der Kellner Leuchtenberg das Essen.

Er war erstaunt, dass man nur ihm einen Teller hinstellte.

»Und du«, sagte er zu Fatih, »was ist mit dir? Hast du keinen Hunger?«

»Nein, nein, iss du nur. Ich trinke noch einen Schluck Raki.«

Leuchtenberg aß. Die gegrillte Köfte schmeckte ihm gut, doch fand er es sonderbar, allein zu essen. Außerdem gefiel ihm der Blick Fatihs nicht, mit dem dieser ihm dabei zusah.

Später räumte der Kellner seinen Teller ab und brachte eine zweite Flasche Raki.

Fatih schien nachzudenken.

»Andreas«, sagte er, »wenn ich nicht so viel Raki getrunken hätte, würde ich mich nicht trauen, dich das zu fragen, was ich dich nun frage – ich darf doch fragen, was ich will, oder?«

Andreas sah ihn an: »Klar. Du darfst fragen, was du willst.«

Fatih sagte: «Ja, und wenn du nicht mein Freund wärst, würde ich mich auch nicht trauen, dich zu fragen.«

Er machte eine Pause und fuhr dann fort: »Ich muss heute Mittag in die Klinik wegen dem Zahn.«

Er wies auf seine Wange.

Er fuhr fort: »In der Türkei muss ich den Doktor sofort bezahlen, sonst behandelt er mich nicht. Verstehst du?«

Leuchtenberg verstand nicht.

Fatih sagte: »Ich habe so viel Geld nicht dabei. Mein Geld habe ich für die Seide ausgegeben. Und mein restliches Geld liegt in Köln auf der Stadtsparkasse. Kannst du mir nicht den Betrag für den Doktor leihen? In Deutschland gebe ich es dir dann zurück.«

Leuchtenberg fühlte sich, als habe ihm jemand unerwartet den Stecker herausgezogen. Seine Energie verschwand, und er fühlte sich klein und kleiner werden.

Hatte Fatih auf diesen Augenblick hingearbeitet?

»Wie viel brauchst du?«, hörte er sich fragen.

»Sechshundert Euro würden mir helfen«, sagte Fatih.

In diesem Augenblick kam der Kellner mit der Rechnung. Leuchtenberg zahlte.

»Kannst du mir helfen?«, fragte Fatih und griff sich in den Mund.

»So viel habe ich nicht.«

»Du hast doch ein ganzes Eurobündel in deinem Geldbeutel und einen Stapel großer türkischer Scheine.«

Eigentlich sollte ich aufstehen und gehen, dachte Leuchtenberg. Er griff mit der Rechten an die Tischkante, um sich hochzuziehen, aber ihm fehlte die Kraft.

»Wenn du nicht mein Freund wärst, würde ich dich das nie fragen«, legte Fatih nach.

Andreas Leuchtenberg zog seinen Geldbeutel aus der Tasche, nahm einen Fünfzig-Euro-Schein heraus und gab ihn Fatih.

»Mehr kann ich nicht entbehren.«

»Und was ist mit dem türkischen Geld?«, sagte Fatih, »kannst du mir das nicht geben?«

Wieder griff Leuchtenberg ins Portemonnaie und reichte drei Scheine über den Tisch, ohne auf die unendliche Folge der Nullen des türkischen Geldes zu achten.

Fatih steckte sie sofort ein.

»Das hilft ein bisschen«, sagte er.

Leuchtenberg wollte nur weg.

Fatih Savas sah ihn an wie ein Schmetterlingsforscher, kurz bevor er sein Opfer aufspießt.

»Du siehst enttäuscht aus, mein Freund«, sagte er, »lass uns fahren. Ich rufe dich heute Abend an – wegen der türkischen Hochzeit. Gib mir deine Handynummer.«

Leuchtenberg schrieb ihm seine Funktelefonnummer auf die Serviette, und Savas steckte sie in die Hosentasche.

Sie verließen das Lokal. Savas hielt ein Taxi an und verhandelte mit dem Fahrer. Der schüttelte den Kopf und fuhr weiter. Das vierte Taxi nahm sie mit. Savas setzte sich auf den Beifahrersitz. Leuchtenberg stieg hinten ein. Er wollte ins Hotel. Mehr nicht.

Sie fuhren bereits zwanzig Minuten, als Savas sich zu ihm umdrehte.

Er sagte: «Ich habe die Hinfahrt mit dem Taxi bezahlt – bezahle du jetzt die Rückfahrt.«

Leuchtenberg nickte: »Was kostet es denn?«

»28 Millionen«, sagte Savas.

Das ist Wucher, dachte Leuchtenberg. Die lange Strecke vom Flughafen bis zum Hotel hatte nur 18 Millionen gekostet. Doch er wollte, dass es vorbei war. Und so griff er wieder nach seinem Geldbeutel und zog drei Zwanzig-Millionen-Scheine heraus und reichte sie nach vorne.

»Das ist gut«, sagte Savas, »da hab ich noch etwas Luft.«

Er steckte beide Scheine ein.

Es war bereits vier Uhr nachmittags, als sie vor dem Pera Palas ankamen. Leuchtenberg stieg sofort aus.

»Vergiss nicht dein Handy einzuschalten. Ich rufe dich an wegen der Hochzeit«, rief ihm Fatih Savas vergnügt vom Beifahrersitz aus zu, als Andreas in die Hotelhalle wankte. Das war das Letzte, was er je von Fatih Savas hören sollte.

Zehn Minuten später lag er im Bett und schlief.

Made in Turkey

Der Straßenlärm weckte ihn. Es kam ihm vor, als würde sein Bett auf einer Verkehrsinsel stehen. Draußen war es bereits dunkel.

Er starrte an die Zimmerdecke und dachte über den Tag mit Fatih Savas nach.

Ich bin auf einen Betrüger hereingefallen. Habe ihm viel zu viel Geld gegeben. Aber das werde ich verkraften. Noch bin ich in einer ungekündigten Stellung.

Doch er wusste, ihn ärgerte weniger der Verlust der deutschen und türkischen Scheine. Ihn schmerzte eine andere Frage: Warum gab ich ihm immer noch Geld, als ich bereits wusste, Fatih ist ein Gauner?

Warum bin ich im Restaurant nicht einfach aufgestanden und gegangen? Warum habe ich ihm noch Geld im Taxi gegeben?

Er ärgerte sich. Zweifelos ärgerte er sich über Fatih, aber noch mehr über sich selbst.

Heute würde er sich ins Nachtleben stürzen.

Sorgfältig schloss er sein Zimmer ab und nutzte den Aufzug für die Fahrt ins Erdgeschoss. Der Liftboy erkannte ihn und begrüßte ihn fröhlich.

Auf dem Weg in die Bar entdeckte er eine glänzend polierte Messingtafel, die er bislang übersehen hatte. Auf ihr waren die Namen der bedeutendsten Gäste des Pera Palas Hotels eingraviert. Atatürk führte die Liste an. Agatha Christie schrieb hier, Ernest Hemingway, Leo Trotzky, Greta Garbo, Gilbert Bécaud, Jozip Broz Tito, Jacqueline

Kennedy-Onassis, Mikis Theodorakis und Mata Hari hatten in diesem Hotel übernachtet. Zwei deutsche Namen fand er auf der Liste: Franz von Papen, der frühere deutsche Botschafter in der Türkei und Vorgänger Hitlers als Reichskanzler, sowie Inge Meysel. Eine eigenartige Kombination, dachte er und schlenderte in die Bar.

Die türkische Sekretärin, die er beim Frühstücksbüfett gesehen hatte, saß allein an einem Tisch. Vor ihr stand ein Cocktail. Ihre Blicke trafen sich kurz. Leuchtenberg bestellte ein Pils und setzte sich in einen Sessel am Fenster.

Sofort dachte er wieder an Fatih. Warum lasse ich mich von so einem kleinen Betrüger widerstandslos ausnehmen?

Der Kellner stellte ihm ein frisch gezapftes Bier hin. Er nahm einen tiefen Schluck und wischte sich den Schaum von Nase und Mund. Er schaute zu der türkischen Sekretärin. Sie blätterte in einer Hochglanzzeitschrift. Eine schöne Frau, zweifellos. Er trank noch einen Schluck.

Er war deshalb auf Fatih hereingefallen, weil er ihn für einen Freund hielt. Einem Freund in Not schlägt man nichts ab.

Das war Fatihs Trick. Er machte sich in kurzer Zeit zum Freund seines Opfers, um ihm dann Geld abzuknöpfen.

Kein schlechter Trick. Leuchtenberg spürte missmutig, wie eine Spur von Bewunderung für Fatih, den Betrüger, in ihm aufstieg.

Plötzlich dachte er an Ilse. Ihre Attacken hatten ihn ähnlich unvorbereitet getroffen wie die Abzockerei, der er heute zum Opfer gefallen war.

Vielleicht, dachte er, ist es so, dass ich innerhalb einer Freundschaft, einer Beziehung oder einer Ehe nicht mit solchen Attacken rechne, nicht damit rechne, betrogen oder so ungerecht kritisiert zu werden. Deshalb reagiere ich in beiden Fällen gleich hilflos.

Er griff zum Bierglas, aber es war schon leer.

War das ein wichtiger Gedanke? Vielleicht sollte er ihn aufschreiben.

Er winkte dem Kellner, der nickte und stellte ein frisches Pilsglas unter den Hahn.

Er dachte wieder an Ilse. An die alte Clique. Jochen und Herbert, seine Freunde aus Kinder- und Jugendtagen, mit denen er sich immer noch gelegentlich traf: Keiner der beiden hatte mit ihm jemals in diesem nörgeligen Ton gesprochen, den Ilse so gut beherrschte.

Der Kellner stellte eine Schale mit Erdnüssen vor ihn auf den Tisch, und Leuchtenberg steckte sich gedankenlos eine davon in den Mund.

Wenn er es recht überlegte, dann hatte Ilses Nörgelei immer genau das gleiche Gefühl der Hilflosigkeit und der Verlassenheit in ihm hervorgerufen, wie es der kleine Betrüger heute Nachmittag erzeugt hatte.

War das der Grund, warum er sich von Ilse zurückgezogen hatte? Innerlich und sexuell?

Der Kellner brachte ihm ein neues Pils.

Er fühlte sich leicht euphorisiert und wusste, dass er einer wichtigen Sache auf die Spur gekommen war.

Er nahm einen tiefen Schluck. Das Pils schmeckte frisch und kühl.

Ich müsste diesen Gedanken sofort aufschreiben, dachte er, aber ich habe weder Kugelschreiber noch Papier eingesteckt.

Ich kann die Sekretärin fragen. Sie spricht ja deutsch.

Er trank das Glas leer.

Er schaute zum Kellner, der schon auf diesen Blick gewartet zu haben schien. Ein Nicken auf beiden Seiten, und der Barmann zapfte das nächste Pils.

Leuchtenberg erhob sich und trat an den Tisch der Frau.

»Entschuldigen Sie«, sagt er, »ich kann Sie nicht in Ihrer Sprache ansprechen, aber beim Frühstück habe ich beiläufig gehört, dass Sie deutsch sprechen.«

Die Frau blickte von ihrer Zeitschrift auf, und Leuchtenberg sah in feucht schimmernde, tiefbraune Augen.

»Vielleicht«, fuhr er irritiert fort, »können Sie mir aus einer Verlegenheit helfen. Mir fuhr eben ein wichtiger Gedanke durch den Kopf, aber ich habe weder Stift noch Papier, um ihn aufzuschreiben.«

»Meinetwegen soll kein Einfall verloren gehen«, sagte die Frau lächelnd und öffnete ihre Handtasche. Sie zog ein Etui hervor, dem sie einen silbernen Kugelschreiber entnahm.

»Bitte«, sagte sie und reichte ihm den Stift.

Leuchtenberg wog ihn in der Hand.

Der muss ein Vermögen gekostet haben, dachte er.

Sie schlug einen kleinen ledernen Terminplaner auf und löste zwei leere Seiten aus der Ringmechanik.

»Genügt das?«, fragte sie.

»Wo darf ich das Bier servieren?«, fragte in diesem Augenblick der Kellner.

Leuchtenberg fand es albern, jetzt mit Bier, Papier und dem geliehenen Kugelschreiber zu seinem Platz zurückzugehen. Er fragte die Frau, ob er sich auf ein Glas zu ihr setzen dürfe.

»Bitte. Sie dürfen aber jetzt Ihren wichtigen Gedanken nicht verlieren«, sagte sie belustigt.

Der Kellner stellte das Glas ab. Leuchtenberg setzte sich.

»Wir haben schon zweimal zusammen gefrühstückt. Ich

saß am Nachbartisch. Für Sie war es wohl ein Arbeitsfrühstück. Sie besprachen mit ihrem Chef Listen und Zahlen. Ich achtete nicht genau darauf – natürlich.«

Ihre Augenbrauen richteten sich erstaunt nach oben: »Mit meinem Chef?«

»Der Herr, der mit Ihnen am Tisch saß.«

»An den beiden Tagen, an denen Sie mich gesehen haben, waren es zwei verschiedene Männer – und der Chef, das bin immer noch ich.«

Leuchtenberg wurde schlagartig rot.

»Oh, das tut mir …« Umständlich stammelte er eine Entschuldigung.

Sie betrachtete eine Weile amüsiert die Illuminierung seines Gesichtes.

Dann sagte sie: »Vergessen Sie's.«

Und sie reichte ihm die Hand über den Tisch.

»Ozlem Yildirim. Ich vertrete die Firma Demir–Textilien.«

Er stellte sich vor.

Dann griff er nach dem Glas: »Auf Ihr Wohl!«

Das kalte Bier tat ihm gut. Er hoffte, es helfe die glühenden Kapillargefäße zu kühlen.

Er fragte sie nach ihren Geschäften.

»Wir stellen Textilien her und exportieren sie in die USA und nach Europa.«

Vielleicht kennt sie Sehin, fuhr ihm durch den Kopf.

Aber er sagte: »Und – sind Sie zufrieden?«

»Mit den Deutschen sind wir nicht zufrieden«, sagte sie. »Die Deutschen haben eine falsche Vorstellung von der Türkei und von türkischen Produkten.«

Nach einer kleinen Pause, als überlege sie, ob und wie sie ihm den Sachverhalt erläutern solle, sagte Ozlem Yildirim: »Es ist in Deutschland unmöglich, ein Produkt zu verkaufen, auf dem steht: ›Made in Turkey‹. Es ist in Ihrem Land unverkäuflich. Die Deutschen denken sofort, es taugt nichts.«

Sie fuhr fort: »Aber nur die Deutschen denken so. Sehen Sie, wir beliefern eine große amerikanische Hotelkette mit Bademänteln, mit schönen, weißen, flauschigen Bademänteln. Die Gäste dieser Hotelkette mögen diese Bademäntel so sehr, dass sie bereit sind, diese nicht nur im Hotel zu tragen, sondern auch für 60 US-Dollar an der Rezeption zu kaufen. In dem Werbezettel steht: ›Echt türkische Baumwolle‹. Das ist ein Qualitätssiegel. Überall auf der Welt.«

Sie sah ihn an.

»Nur in Deutschland nicht«, sagte sie, »da würde dieses Etikett die besten Bademäntel der Welt zu Blei in den Ladenregalen verwandeln. Wir müssen große Umwege machen, kostspielige Umwege, um unsere Produkte in Deutschland zu verkaufen.«

Sie gab dem Kellner auf Türkisch eine Anweisung.

»Kennen Sie die Jeansmarke Mavi?«, fuhr sie fort. »In den USA, dem Geburtsland der Jeans, konkurriert sie mit Levi Strauss oder Wrangler auf Augenhöhe. Weil diese Jeans gut sind und die gleichen Qualitätsstandards haben wie die amerikanischen. In Deutschland nutzt das nichts, gar nichts.«

Sie fuhr mit der Hand über den Tisch, als wische sie ein Staubkorn von der Platte.

Der Kellner brachte ihr einen neuen Drink.

Leuchtenberg prostete ihr erneut zu. Er überlegte, ob er sie jetzt nach Sehin fragen könne.

»In mancher Hinsicht sind die Deutschen sehr rückständig«, sagte sie.

Andreas blickte sie verständnislos an.

»Nun ja«, sagte Ozlem Yildirim, »hatten Sie in Deutschland schon einmal eine Frau als Bundeskanzler, eine Bundeskanzlerin? Oder eine Bundespräsidentin? Kennen Sie in Deutschland eine Frau oder zwei, denen es gelungen ist, einen Spitzenjob mit Familie zu vereinbaren? In dieser Stadt kann ich Ihnen Hunderte nennen. Sicher, es sind meist Frauen aus der Oberschicht oder der oberen Mittelschicht, aber immerhin. Da hat Ihr Land noch einen weiten Weg vor sich.«

Sie erhob sich.

»Hoffentlich haben Sie Ihren Einfall nicht vergessen«, sagte sie, »ich muss jetzt gehen. Sie können mir den Schreiber morgen früh zurückgeben.«

Dann stand sie auf und verließ die Bar.

*

Auf der İstiklâl Caddesi fand er einen Bankautomaten, und er schloss die Lücken, welche die Begegnung mit Fatih Savas in seinen Geldbeutel gerissen hatte. Dann schlenderte er in die Straße abwärts und bog links ab in das Getümmel der kleinen Gassen und der unzähligen Kneipen.

Lang gezogene Kadenzen türkischer Musik strömten aus nahezu allen Lokalen, von denen einige bereits bis zum letzten Platz besetzt waren. Auch die Istanbuler Katzen versammelten sich wieder in den Ecken, auf den Mauern und in den Türeingängen. Leuchtenberg sah, wie sie zu fünft um zwei verschlossene Müllsäcke lagerten, als würden sie jemanden erwarten, der die schwarzen Beutel für sie öffnete.

Er betrat das Refik, eine helle, gemütlich wirkende

Kneipe. An den Wänden hingen kleine Gemälde und alte Schwarz-Weiß-Fotos, die frühe Stadtansichten von Beyoğlu zeigten.

Ein Tisch, der direkt neben dem Treppenaufgang zum nächsten Stockwerk stand, war noch frei, und dort setzte er sich hin. Ehe er sich versah, stellte ein Kellner Schafskäse, Brot und Oliven auf den Tisch.

»Raki, mein Herr?«

»Gerne.«

Leuchtenberg sah sich um. Auf den meisten Tischen des Refik standen kleine Raki-Flaschen. Die Männer rauchten fast alle.

Sorgfältig legte er die beiden Blätter, die Ozlem Yildirim ihm gegeben hatte, vor sich auf den Tisch. Er holte ihren silbernen Schreiber hervor und dachte nach.

Der Kellner stellte eine kleine Flasche Raki auf den Tisch und fragte nach seinen Wünschen. Leuchtenberg wählte drei Vorspeisen. Als der Wirt ihm später zum Hauptgang einen Fisch empfahl, war er bereits satt und lehnte bedauernd ab.

Stattdessen brachte der Kellner ihm einen Obstteller mit geschälten Orangen, Mandarinen, frischen Apfelscheiben, Birnenschnitzen, alles gruppiert um die Hälfte eines Granatapfels.

Als er das Refik verließ, hatte er immer noch kein Wort aufgeschrieben.

Kaffeesatz

Am Morgen riss ihn die Beethovenmelodie seines Handys aus dem Schlaf. Kaum dass er die Annahmetaste gedrückt hatte, hörte er schon Utes schluchzende Stimme:

»Bin ich schuld, dass du und Mami sich nicht mehr verstehen?«

Leuchtenberg hörte den panischen Unterton in ihrer Stimme. Nein, sagte er, das käme nun mal vor, dass Eltern sich streiten: »Schließlich haben wir uns doch auch schon gestritten, oder?«

Sie schluchzte: »Wegen den blöden Pur. Wenn ich das gewusst hätte, nie hätte ich das Plakat aufhängen mögen – und die Jungs aus meiner Klasse machen sich auch über uns lustig wegen Pur.«

»Mach dir keine Sorgen.«

»Wann kommst du zurück?

»In einer Woche. Und du?«

»Auch in einer Woche. Ich muss ja wieder in die Schule.«

Als er den Hörer auflegte, schien es ihm, Ute habe sich beruhigt.

Er sah auf die Uhr. Halb acht. So lange hatte er schon ewig nicht mehr geschlafen. Er lag still und prüfte, ob sein Kopf vom Bier oder Raki schmerzte.

Keine Kopfschmerzen. Gut.

Im Speisesaal wartete er auf Ozlem Yildirim. Ob sie Sehin kannte? Textilbranche, hatte sie gesagt. Sehin arbeitete mit Mode. Es könnte immerhin sein, dass sie sich kennen.

Er trank drei Tassen Tee, aber Frau Yildirim erschien nicht. Er überlegte, ob er ihren Kugelschreiber an der Rezeption hinterlegen sollte, verwarf diese Idee aber wieder. Er wollte sie nach Sehin fragen und vielleicht ein paar Worte mit ihr wechseln.

Nach einer halben Stunde steckte er den silbernen Schreiber wieder in die Jacketttasche zurück und verließ das Hotel.

Heute wird es heiß werden, dachte er. Am Himmel war keine Wolke zu sehen, und der Wind, der die Sonne gestern erträglich machte, fehlte heute.

Wenig später betrat er die vertraute İstiklâl Caddesi und folgte den Schienen der İstiklâl-Tram bis zur Endstation.

Junge Männer und Frauen beherrschten das Straßenbild, in Istanbul schien die Mehrzahl der Bevölkerung unter dreißig zu sein. Die meisten eilten mit unbekannten Zielen durch die Straße, andere schlenderten in Richtung der Cafés.

Vor ihm lief eine Frau – Leuchtenberg schätzte sie auf Mitte zwanzig –, die laut vor sich hin sprach. Leuchtenberg blickte sich um, aber keiner der Passanten schien sich über das lautstarke und in selbstbewusstem Ton geführte Selbstgespräch der Frau zu wundern. Doch dann bemerkte er, dass sie ein Mobiltelefon am Gürtel ihres Rockes trug, und ein winziges Mikrophon, hautfarben und kaum zu sehen, wölbte sich direkt vor ihren Mund.

Er ging eine Weile hinter ihr her. Sie beendete das Telefonat und begann sofort das nächste.

Als die überfüllte Tram ihn überholte, sah er einen Mann auf dem Trittbrett des hinteren Wagens stehen, der sich nur mühsam mit einer Hand an einer Stange festhielt, mit der anderen Hand jedoch ein Handy ans Ohr drückte.

Ein älterer Herr, elegant in blauem Anzug und mit weißem, gepflegtem Schnurrbart, schritt an ihm vorbei. Auch dieser Mann sprach in ein Handy: mit ruhiger, gesetzter Stimme, als würde er einen Text diktieren.

Leuchtenberg überlegte, ob im Leben der Türken mehr Mitteilungswertes geschah als im Leben der Deutschen, denn hier redeten die Menschen eindeutig mehr. Für Mobilfunkbetreiber musste die Türkei ein Paradies sein.

Nach einigen Minuten erreichte er die Bergstation des Tünel. Er tauschte 650000 Lira gegen eine winzige Metallmünze, die er in den Einwurfschlitz eines Drehkreuzes warf. Er betrat die Einstiegszone des Tünels.

Auf den 614 Metern Fahrstrecke muss die Istanbuler Standseilbahn einen Höhenunterschied von 58 Metern überwinden. So wunderte Leuchtenberg sich auch nicht, dass die Fahrkabine aus der tiefen Felsenhöhle heraufzukriechen schien, als er ihre Scheinwerfer zum ersten Mal sah.

Jetzt fiel ihm ein, dass Sehin ihnen aus einem großen Buch vorgelesen hatte, die Istanbuler Bahn sei eine der ältesten Untergrundbahnen der Welt. Französische Ingenieure hätten sie geplant, und 1875 habe die Anlage die ersten Passagiere befördert. Der Scheyhülislam – bei diesem Wort blickte sie Fred streng an, der schon zu einem »Weroderwasisndas« Luft holte –, der Scheyhülislam, ein islamischer Rechtsgutachter, habe sich jedoch am Anfang geweigert, die unterirdische Bahn durch ein islamisches Rechtsgutachten gutzuheißen. Deshalb seien in der ersten Zeit nur Tiere befördert worden. Schließlich bequemte sich der Religionsobere doch, das Gutachten zu erstellen, und die Bahn konnte am 17. Januar 1875 feierlich eingeweiht werden.

Nach überraschend kurzer Fahrt erreichte Leuchtenberg

die Talstation. Die ›Tünel‹ entließ ihre Passagiere durch einen Seitenausgang auf eine belebte Straße. »Tersane Caddesi« las Leuchtenberg auf einem Straßenschild. Auf der einen Spur der Tersane Caddesi stauten sich Pkws, Busse und Taxis. Auf der anderen Fahrbahn schossen die Autos in hohem Tempo an den Fußgängern vorbei.

An der Tersane Caddesi hatten sich Mechaniker und Flaschner niedergelassen. Leuchtenberg sah Geschäfte mit Rasenmähern; Installateurbetriebe hatten ihre Schaufenster mit Rohren und Zwingen dekoriert, und die gleichen Gegenstände wurden auch von den fliegenden Händlern auf den Bürgersteigen angeboten.

Er wartete auf eine Gelegenheit, die Straße zu überqueren, aber die Autofahrer ignorierten beharrlich seine Absicht. Schließlich folgte er einer jungen Frau, die kurz entschlossen trotz des fließenden Verkehrs die Fahrbahn betrat. Aber siehe da – alle Fahrzeuge stoppten wie auf Befehl, und sie erreichten ungefährdet die andere Straßenseite.

Leuchtenberg wandte sich nach links und betrat die Auffahrtsrampe der Galatabrücke. Vom Goldenen Horn wehte ein leichter Wind herüber. Zu beiden Seiten der Brücke standen die Angler Schulter an Schulter, und erneut fragte er sich, wie sie es schafften, dass ihre Schnüre sich nicht heillos verhedderten.

Auf der Brücke versuchten auch andere ein kleines Geschäft zu machen. Leuchtenberg sah einen Mann, der eine Personenwaage vor sich gestellt hatte. Für ein paar Lira konnte hier jedermann sein Gewicht überprüfen. Wasserverkäufer schoben beladene Karren vor sich her, und zwei Buben, kaum älter als zwölf, verdingten sich als Schuhputzer.

Am Ufer hatten zahlreiche Fischverkäufer ihre Stände aufgebaut.

Leuchtenberg schlenderte über die Brücke und sah hin und wieder einem Angler zu, der die kleinen silbernen Fische von seiner mit mehreren Haken bestückten Schnur pflückte.

Abrupt blieb er stehen. Er spürte seinen Herzschlag bis zum Hals. Sehins Mutter kam ihm auf der Mitte des Gehwegs entgegen, kaum mehr als 50 Meter von ihm entfernt. Er unterdrückte den Impuls, sich umzudrehen und wegzurennen. Sie hatte den gleichen entschlossenen Schritt wie damals und trug noch immer den schwarzen Mantel, den Sehin manchmal heimlich in der Wohnung anzogen hatte.

Würde sie ihm Vorwürfe machen? Was hast du meiner Tochter angetan? Oder würde sie ihn verfluchen, wie sie damals Frau Becker verflucht hatte?

Während er sich wappnete, dass Sehins Mutter stehen blieb und ihn erkannte, näherte sich die Frau, und Leuchtenberg sah jetzt, dass sie nicht Sehins Mutter war. Die Unbekannte schritt an ihm vorbei, und das Adrenalin in seinen Blutbahnen verflüchtigte sich.

Das konnte sowieso nicht sein, dachte er. Sehins Mutter muss nun schon sechzig sein oder vielleicht schon siebzig. Aber diese Passantin sah so aus, wie Frau Kaya damals ausgesehen hatte.

*

Sehins Mutter hatte Istanbul nie verlassen wollen. Nur widerwillig war sie ihrem Mann nach Deutschland gefolgt. Sie mochte das Land nicht, es war ihr zu kalt und zu unfreundlich. Sie mochte auch den Ort in Süddeutschland nicht, an dem sie nun leben musste. Sie weigerte sich Deutsch zu lernen, während ihr Mann diese Sprache bald einigermaßen beherrschte. Ihre Tochter sprach ganz ohne Akzent. Sehin fand manchmal, aber selten, eigene Wörter. Dann sagte sie *Fußfinger* statt *Zehen*. Oder sie verwechselte die Artikel. Dann sagte sie »der Bein« statt »das Bein«, und Andreas rührten diese kleinen Fehler, er schmolz bei jeder Verwechslung der Artikel dahin, und zuweilen kam ihm der Verdacht, Sehin verwechsle allein aus diesem Grund hin und wieder absichtlich der, das und die.

Von den Frauen der Straße wurde Frau Kaya nie zu den Mittwoch-Kaffeekränzchen eingeladen. Daran schien Sehins Mutter auch kein Interesse zu haben. Sie festigte ihre Position unter den Frauen der Unteren Bahnhofstraße auf andere Weise.

Sie las aus dem Kaffeesatz.

Leuchtenberg wusste nicht mehr, wann sie damit begonnen hatte. Zweimal erlaubte ihm Sehin, heimlich bei einer solchen Session dabei zu sein. Sie versteckte ihn hinter dem Küchenschrank. Bis heute wusste er nicht, ob Frau Kaya damals seine Anwesenheit ahnte. Durch einen Spalt im Holz konnte er Sehin und ihre Mutter sehen, nie aber die Frau, die gerade um Rat fragte.

Das war auch nicht nötig, denn Andreas kannte die Stimmen der Frauen aus seiner Straße. Als er das erste Mal zuhören durfte, saß Frau Dengel auf dem schmalen, mit zwei kleinen Kelims belegten Schemel. Sie erzählte, ihr Mann schlage sie nun schon so viele Jahre, und sie wisse einfach nicht weiter.

Damit erzählte sie keine Neuigkeit für Andreas. Herr Dengel arbeitete Dreier-Wechselschicht im Filterwerk, und wenn er mittags nach Hause kam, stritt er sich häufig mit seiner Frau. Schlug er sie dann mit dem Lederriemen, hörte man ihre Schreie noch drei Häuser weiter in der Wohnung der Leuchtenbergs. Seine Mutter bekam dann schmale Lippen, schüttelte den Kopf und stöhnte leise: Dass dieser Mann nie Ruhe geben kann. Manchmal sagte sie aber auch, Frau Dengel sei selbst schuld, denn schließlich könne sie doch die Wäsche vormittags waschen und nicht immer dann, wenn er von der Arbeit nach Hause käme.

»Vormittags schafft sie nichts, sondern hört nur Tanzmusik im Radio.«

Doch nun sagte Frau Dengel etwas, was Andreas noch nicht wusste.

Sie habe einen Mann kennen gelernt, sagte sie leise, einen Arbeitskollegen ihres Mannes, und der wolle mit ihr fortgehen. Sie fürchte sich aber vor dem Zorn ihres Mannes, und sie wisse nicht, was aus den Kindern würde. Wie würde sich der neue Mann entwickeln, der ja ihretwegen auch die Arbeit im Filterwerk aufgeben würde? Er habe dort als Einsteller einen guten Verdienst. Würde er ihr dies in ein paar Jahren vorhalten?

Was soll ich tun, fragte sie die Türkin.

Durch den Spalt im Holz konnte Andreas Sehins Mutter gut sehen. Sie saß auf zwei großen Kissen und hörte Frau Dengel mit geschlossenen Augen zu.

Sehin saß auf dem Boden hinter ihrer Mutter, sodass diese ihre Tochter zum Teil verdeckte. Sehin wirkte konzentriert. Sie übersetzte die Erzählung der Nachbarin und flüsterte ihrer Mutter deren Geschichte auf Türkisch ins Ohr. Sehin, seine Prinzessin, wirkte an diesem Nachmittag so ernst und zurückgenommen, als wäre sie kaum anwesend, und tatsächlich wollte sie nur übersetzen und das Gespräch der beiden Frauen nicht stören.

Dann stand Frau Kaya auf, ging hinaus und hantierte in der Küche. Als sie zurückkam, brachte sie eine kupferne Kanne mit, in der sie türkischen Kaffee bereitet hatte. Bedächtig, fast feierlich füllte sie die beiden Mokkatassen vor ihnen. Dann tranken Sehins Mutter und Frau Dengel den Kaffee in kleinen Schlucken, wobei Frau Dengel es immer Sehins Mutter nachtat. Als nur noch Kaffeesatz in der kleinen henkellosen Mokkatasse zu sehen war, kippte Frau Kaya sie auf den Unterteller um.

»Machen Sie es genau so. Einfach umkippen«, flüsterte Sehin ihr zu. Frau Dengel nahm ihre Tasse und stellte sie kopfüber auf den Unterteller.

Die beiden Frauen schwiegen nun, und ihr Schweigen kam Andreas feierlich vor. Ihm war wohlig zumute hinter dem alten Küchenschrank, und er war voller Mitgefühl für Frau Dengel, auch wenn er nicht wollte, dass sie aus der Unteren Bahnhofstraße wegging.

Dann hob Sehins Mutter die Mokkatasse ihrer Besucherin hoch und betrachtete die Umrisse der Verlaufsformen, die der abfließende Kaffeesatz auf der Innenfläche und auf dem Boden der Tasse hinterlassen hatte.

Sie sagte einige Worte auf Türkisch und zeigte Frau Dengel das Muster.

»Sie sieht ein Nest und einen Vogel«, hörte er Sehin flüstern. »Der Vogel hat das Nest verlassen, aber hat sich auf dem gleichen Baum niedergelassen, auf dem auch das Nest gebaut ist. Er ist nur auf einem anderen Ast gelandet.«

Frau Dengel sagte: »Tatsächlich, ich sehe den Vogel, das ist eine Amsel. Und den Baum sehe ich auch.«

Dann fuhr Frau Kaya auf Türkisch fort, und Sehin übersetzte flüsternd ihre Worte.

Nach und nach schleppten auch die anderen Frauen der

Straße ihre Sorgen und Hoffnungen in das kleine Haus der Kayas. Sehin, die Unsichtbare, übersetzte aus dem Deutschen ins Türkische und umgekehrt und schien doch nie dabei zu sein. Nach jeder Sitzung gaben die Frauen Frau Kaya einen Geldbetrag, dessen Höhe sie selbst bestimmten.

Nach und nach nahm Frau Kaya mehr Anteil an dem Schicksal der Familien in der Straße als irgendjemand anderes. Trotzdem: Zu den Kaffeekränzchen wurde sie niemals eingeladen.

Ein Jahr später zog Frau Dengel aus der Unteren Bahnhofstraße fort und mietete sich eine kleine Wohnung am Wilhelmplatz. Ihr Mann tobte, und seine Schreie hörten die Nachbarn sogar nachts. Dann beruhigte er sich allmählich, und plötzlich erzählte man sich, das Ehepaar Dengel gehe wieder zusammen tanzen. Frau Dengel blieb jedoch am Wilhelmplatz wohnen, nur hin und wieder sah man sie ihren Mann besuchen oder zu den Kaffeekränzchen gehen. Sie blieb auch am Wilhelmplatz wohnen, als er fünfzehn Jahre später starb.

So lange blieb Sehins Mutter nicht in der Stadt. Noch während Sehin das Schiller-Gymnasium besuchte, zog sie nach Istanbul zurück. Sehin besuchte sie in den Ferien, den verfluchten Sehin-losen Ferien, die Andreas so inbrünstig hasste.

*

Leuchtenberg erreichte den Stadtteil Eminönü am anderen Ende der Galatabrücke. Auf der rechten Seite herrschte ein lebhaftes Durcheinander von Händlern, die Strümpfe, Mützen, aufziehbare Plastikfiguren und allerlei Krimskrams verkauften.

Links lagen die Schiffsanlegestellen und die Boote, die gebratene Fische verkauften. Aus einer Fähre strömten die Passagiere, sommerlich gekleidet, die Männer in weißen oder blauen Hemden, die Frauen in hellen Kleidern. Und über allem lag eine sommerliche Stimmung.

Er bummelte am Wasser entlang, genoss den Geruch von Meer und Stadt, durchquerte das Gewühl umherhastender Menschen und kam sich vor wie der Einzige, der ohne Ziel die Stadt durchstreifte.

In diese Stadt war Sehin jedes Jahr sechs qualvolle Wochen verschwunden. Wenn sie zurückkam, brachte sie neue Geschichten mit von Goldschätzen, Moscheen, Bootsfahrten, Männern mit riesigen Schnurrbärten – und schien doch auch froh, wieder zurück bei Andreas zu sein.

Auf der rechten Seite sah er ein Gebäude, das er aus ihren Erzählungen wiederzuerkennen glaubte.

Er überquerte die Straße an einer Straßenbahnhaltestelle und ging auf den Bau zu. Das musste der Bahnhof Sirkeci sein. Hier also war Sehin immer angekommen, wenn sie ihn in Deutschland verlassen hatte. Ob sie an ihn gedacht hatte, wenn sie hier ausstieg?

Der Bahnhof, im orientalischen Stil gehalten, gefiel Leuchtenberg. Er war hell, und die Fenster filterten das Sonnenlicht durch farbiges Glas. Dies war der Endbahnhof des legendären Orient-Express, mit dem die Begüterten und die Gauner Europas ihre Vergnügungsreisen ins Morgenland unternahmen. Er nahm sich vor, endlich das Video auszuleihen.

Irgendwann werde ich den »Orient-Express« doch noch bis zu Ende sehen, dachte er.

»Istanbul ist der Mittelpunkt der Erde«, hatte Sehin ihm erklärt. »Die einen gehen von dort weg; sie wandern aus nach USA, Europa oder Deutschland, wie meine Familie. Die anderen ziehen in diese Stadt, kommen aus dem Osten der Türkei. Und deshalb verändert die Stadt sich jeden Tag, sie verändert sich an einem Tag mehr, als sich hier in zwei Jahren verändert.«

Ihre Handbewegung war unklar, Andreas wusste nicht, ob sie damit die Untere Bahnhofstraße, seine Heimatstadt oder ganz Deutschland beschrieb. Er konnte sich eine solche Stadt wie Sehins Instanbul nicht vorstellen, er hasste und respektierte sie gleichzeitig, wie einen unerwünschten Nebenbuhler, der nicht abzuschütteln war.

In Wirklichkeit veränderte sich auch ihre Straße. Nicht von Tag zu Tag wie das geheimnisvolle Istanbul, sondern allmählich. Ein Abstieg wurde fühlbar. Das Filterwerk baute das Werk III, in dem die Teile für die Luft- und Ölfilter nicht mehr mit den riesigen Pressen gestanzt und anschließend in einer anderen Abteilung zusammengeschweißt wurden. Spritzgussmaschinen produzierten nun im Sekundentakt den kompletten Filter in einem Guss. Es gab die ersten betriebsbedingten Kündigungen. Jochens Vater stimmte einer Vorruhestandsregelung zu und saß nun den ganzen Tag zu Hause rum und ging Jochen und seiner Mutter auf die Nerven.

Es gab auch positive Veränderungen: Zum ersten Mal gingen drei Kinder aus der Unteren Bahnhofstraße auf das Gymnasium. Jochen, Sehin und Andreas bestanden die Aufnahmeprüfung am Schiller-Gymnasium, Ilse schaffte den Sprung in die Realschule.

Andreas spürte genau, wie die Welt der Erwachsenen sich verdunkelte und ihre Blicke nun auf ihm lagen – und auf Jochen. Ohne dass es ihm bewusst wurde, wurden sie für die Straße ein Symbol und standen irgendwie dafür, dass das Leben der Erwachsenen nicht umsonst gewesen war.

Und Sehin?

Sie schien eine solche Verantwortung nicht zu spüren. Vielleicht war für sie der Schulbesuch in dem besseren Stadtteil sogar selbstverständlicher als für ihn und Jochen.

Leicht hatten sie es alle drei nicht. Sie waren die Ausnahmen und von ihnen strömte etwas aus, das jedem bewusst machte, sie gehörten nicht aufs Schiller-Gymnasium. Vielleicht lag es daran, dass sie in den ersten beiden Jahren keine Jeans trugen, vielleicht auch an der Sprache oder dass sie gerne und öfter lachten als die anderen in der Klasse. Es gab sogar einen Mathelehrer, der Sehin prophezeite, in spätestens zwei Jahren sei sie wieder draußen.

Und so schlossen sie sich zusammen und retteten die Clique. Sie blieben zusammen.

Nachmittags schrieben sie gemeinsam die Hausaufgaben, lernten und fragten sich gegenseitig ab, Ilse kam dazu und am Abend häufig auch Fred, der eine Lehre als Autoschlosser begonnen hatte. Sehin unterstützte sie in Latein und Englisch, beides Fächer, die ihr leicht fielen, Jochen konzentrierte sich auf Deutsch und Kunst, während Andreas Mathe, Physik und Chemie am besten gefielen.

Trotzdem gab es auch Unterschiede zwischen ihnen. Jochen und Andreas duckten sich häufiger als andere in der Klasse; Sehin aber dachte nicht daran, eine schlechtere Note zu akzeptieren als die deutschen Mitschüler, wenn sie eine bessere oder gleich gute Arbeit geschrieben hatte. Sie meldete sich, diskutierte und marschierte mehr als einmal zum Direktor. Jochen und Andreas wagten dergleichen nie. Sie waren zufrieden, wenn sie einfach durchkamen.

»Was seid ihr bloß für Feiglinge«, sagte Sehin oft zu ihnen, doch die beiden Jungs konnten nur verlegen grinsen. Ihnen fiel es schwer, vor der Klasse, vor den Lehrern oder gar vor dem Direktor ihren Mann zu stehen. Das bewunderten sie an Sehin.

Sie kamen durch. Sie machten das Abitur.

Wenn nur die großen Ferien nicht gewesen wären. Mit Ferienbeginn verschwand Sehin in eine Welt, zu der ihm kein Zutritt gestattet war. Ihr Vater brachte sie nach Stuttgart zum Bahnhof, sie stieg in einen wirklichen Orient-Express, der sie in das geheimnisvolle Istanbul brachte. Und schon am Tag ihrer Abreise wünschte sich Andreas nichts sehnlicher herbei als das Ende der Ferien.

Sechs Minarette

Wenn Sehin aus den Ferien zurückkam, schrie die Clique nach Berichten. Sie setzte sich dann auf den Kelim, zwei große Kissen im Rücken, und berichtete aus einer anderen Welt. Sie erzählte von dem Holzhaus nahe dem Meer, in dem ihre Mutter nun wohnte, von den Teehäusern und Cafés, in dem die Männer saßen und Domino spielten, sie erzählte von den Moscheen, der Stille in den Gebetshäusern und dem Lärm in den Straßen davor, der Schicksalsergebenheit der Menschen und der Hektik, mit der sie gleichzeitig ihr vorbestimmtes Schicksal zu ändern trachteten.

Sie erzählte von der Blauen Moschee, die der junge, kaum zwanzigjährige Sultan Ahmet I. hatte bauen lassen. Sie sollte die ehemals christliche Kirche Hagia Sophia übertreffen, die nach der Eroberung Konstantinopels eine Moschee geworden war. Der Sultan habe den besten Baumeister des Reiches beauftragt, eine Moschee zu bauen, wie sie das Reich noch nicht gesehen habe. Das neue Gebetshaus sollte direkt gegenüber der Hagia Sophia stehen, oben auf dem ersten der sieben Hügel, auf dem die Stadt errichtet sei. Ihre Silhouette sollte gemeinsam mit der ehemals christlichen Kirche die Stadt beherrschen, und jeder sollte selbst entscheiden, welches das schönste Bauwerk der Stadt sei.

Acht Jahre lang sei an der Moschee gebaut worden, sagte Sehin. Der Sultan habe sein Lager auf der Baustelle aufgeschlagen, um die Bauarbeiten zu überprüfen und voranzubringen, als habe er gewusst, dass seine Lebenskraft mit dem Bau der Blauen Moschee erschöpft sei. 1616 habe

Sultan Ahmet I. das neue Haus Allahs eingeweiht, und wenige Wochen danach sei der Herrscher gestorben, gerade 27 Jahre alt.

Die Blaue Moschee sei von sechs Minaretten eingerahmt. Dies habe zu Protesten aus Mekka geführt, denn die Moschee in dem größten Heiligtum der Moslems habe auch sechs Minarette. Da habe der Herrscher kurz entschlossen Mekka ein weiteres Minarett gestiftet. Die Blaue Moschee habe ihre sechs Türme behalten, und die alte Rangordnung unter den moslemischen Heiligtümern sei trotzdem beibehalten worden.

Die Clique lauschte Sehins Geschichten. Allein Ilse kam auf den Gedanken, den Großen Brockhaus ihrer Eltern aufzuschlagen und Sehins Erzählungen zu prüfen. Sie fand heraus, dass zur Kaaba in Mekka bereits seit 1429 ein siebtes Minarett gehörte, fast zweihundert Jahre vor der Entstehung der Blauen Moschee.

Sie brachte dies in dem auftrumpfenden Ton vor, den sie manchmal Sehin gegenüber anschlug, aber es wollte ihr niemand zuhören. Sie wusste damals noch nicht, dass die Wirklichkeit einer gut erzählten Geschichte nichts anhaben kann.

*

»Ich musste vom Bahnhof nur bergauf gehen und den Schienen der Straßenbahn folgen.« So hatte Sehin den Weg zur Blauen Moschee beschrieben, den Andreas nun ging.

Unterwegs überholte ihn eine müde, schwere Tram, die ihn an die alten tschechischen Bahnen erinnerte, die er in den neuen Bundesländern gesehen hatte.

Die Bürgersteige schmiegten sich schmal an die Häuser und gaben den zahlreichen Passanten wenig Platz zum Ausweichen. So war er froh, als er den Hügel erklommen hatte.

Ein einmaliges Panorama öffnete sich ihm. Zu seiner Linken stand wuchtig und rot die Hagia Sophia, und in einigem Abstand zu ihr ragten die Minarette der Blauen Moschee in den Sonnenhimmel.

»Kaufen Sie einen Führer über die Hagia Sophia und die Blaue Moschee.«

Plötzlich standen drei junge Männer um ihn herum, der erste hielt ihm ein Buch über die Hagia Sophia unter die Nase.

»Hier sehen Sie die Bilder. Nehmen Sie dies mit als Andenken an Ihren Besuch in Istanbul«, schrie der Zweite und klappte ein Album mit postkartengroßen Fotos aus.

»Wo kommen Sie her?«, fragte der Dritte.

Leuchtenberg ging eilig weiter, aber die drei folgten ihm.

Er sah sich um, ob er Fatih Savas irgendwo entdeckte, aber der fing seine Kunden wohl an anderer Stelle.

Er marschierte zielbewusst auf die Blaue Moschee zu und sagte kein Wort.

»Seit den Bombenanschlägen gehen unsere Geschäfte schlecht. Wollen Sie keinen Führer, der Ihnen alles erklärt?«

»Nein«, sagte Leuchtenberg und beschleunigte seinen Schritt. Irgendwann erspähten die drei auf dem Schauplatz einen Pulk von ankommenden Touristen, ließen Leuchtenberg stehen und wandten sich den neuen Kunden zu.

Er verlangsamte das Schritttempo und betrachtete die Moschee. Sie war wie aus einem Guss gebaut, ihre Gewölbe stiegen stufenförmig zur Zentralkuppel auf, die sich wie ein mächtiger Gipfel aus dem streng komponierten Gebirge von Kuppeln und Halbkuppeln erhob. Mehrere Pfeiler mit runden Haubenkrönungen schienen den Rundungen Halt zu geben, während die Minarette das Ensemble einrahmten, als wollten sie es bewachen.

Er kam durch eine Gartenanlage, schritt durch ein grünes Tor und gelangte schließlich in den Vorhof der Moschee.

Alles sah genauso aus, wie von Sehin beschrieben: In der Mitte stand ein kleiner, sechseckiger Reinigungsbrunnen, von einer zierlichen Kuppel überdacht. Der Vorhof war umgeben mit einer Art Säulengang, der Schatten spendete und der Baukomposition Ruhe und Würde verlieh, der auch die drei Gruppen Touristen nichts anhaben konnten, die sich plaudernd und fotografierend darin aufhielten.

Vor einer grünen Tür standen zwei Männer. Sie reichten ihm einen kleinen weißen Stoffsack. Leuchtenberg zog seine Schuhe aus und packte sie hinein. Dann betrat er die Moschee.

Bereits der erste Eindruck war überwältigend.

Eine solch ungeheure Weitläufigkeit in einem Bethaus kannte er nicht. Die Bodenfläche war mit Teppichen ausgelegt. Von der Decke hing ein riesiger, runder Leuchter, so groß, dass Leuchtenbergs Blick instinktiv die zahlreichen Halteschnüre prüfte, an denen er hing.

Die 260 Fenster, das wusste er noch aus Sehins Berichten, waren früher mit kostbarem bunten Glas aus Venedig gefüllt. Dieses Licht, die Fayence-Malereien an den Wänden mit den stilisierten Lilien und Tulpen, Weinreben und Zypressen sowie die Ornamente an Wänden und Gewölben, in allen Abstufungen der Farbe Blau gehalten, verliehen dem Raum trotz seiner Größe eine warme, meditative Stimmung.

Weit vorne knieten einige Gläubige in Andacht vertieft. Ein Trupp von Touristen stand überwältigt hinter einer niedrigen Holzbarriere im hinteren Teil oder richtete die Kameras zu dem Gewölbe hinauf.

Die große Kuppel, gestützt von vier Halbkuppeln, ruhte auf vier riesigen Pfeilern. Sie war ausgemalt mit geheimnisvollen Ornamenten, in Braun und vor allem aber in allen Schattierungen von Blau, der Farbe, die der Sultan-Ahmet-Moschee ihren zweiten Namen gegeben hatte.

Leuchtenberg blieb fast eine Stunde in der Moschee, und als er wieder die Sonne des Vorhofes sah, war ihm leichter zumute.

Er schlenderte hinüber zur Hagia Sophia. Atatürk, so hatte Sehin ihm erzählt, habe die alte christliche Kirche und spätere Moschee in ein Museum umgewandelt, um den Streit zwischen christlicher und osmanischer Kultur zu entschärfen.

Als er eintrat, überwältigte ihn allein die Größe des umbauten Raumes. Das Mittelschiff, so schätzte er, war länger als hundert Meter und maß mindestens dreißig Meter Breite. Darüber wölbte sich in fünfzig Metern Höhe die große Kuppel, die durch das von zahlreichen Fenstern einfallende Licht wie freischwebend über den vier mächtigen Pfeiler wirkte. Zwei Stunden durchwanderte er die alte Hauptkirche Konstantinopels, bewunderte die goldenen Kuppeln, die feinen Mosaikarbeiten mit den christlichen Motiven, blieb vor der »schwitzenden Säule« stehen, deren Marmor sich immer feucht anfühlte, und stieg auf die Galerien, um den Raum aus anderen Perspektiven zu betrachten.

An einigen Wänden waren christliche Mosaikarbeiten freigelegt worden, die einst überputzt worden waren. Er blieb lange vor einer Arbeit stehen, die Kaiser Alexander zeigte, und er fragte sich, wie oft Sehin ebenso staunend an dem gleichen Platz gestanden haben mochte.

Irgendwann wurden seine Beine müde.

Er verließ die Hagia Sophia und schlenderte hinunter ans Goldene Horn. Bei einer der schwimmenden Fischbratereien gönnte er sich eine frisch gebratene Makrele. 500 000 Lira zahlte er für den Fisch, der zwischen zwei Scheiben Fladenbrot mit einer halben Tomate sowie reichlich Zwiebeln gereicht wurde. Er kaufte dazu eine Dose Cola und wunderte sich, dass diese teurer war als der Fisch, der vorzüglich schmeckte. Sehin hatte ihnen erzählt, die Stadtverwaltung von Istanbul versuche, die schiffbaren Fischbratereien von Eminönü zu schließen, weil sie nicht ins moderne Stadtbild passten. Leuchtenberg hoffte, die Stadtverwaltung möge mit diesem Vorhaben scheitern.

Dann winkte er einem Taxi und fuhr ins Hotel zurück.

*

»Die Vorbereitungen für die Modenschau sind schon in vollem Gange«, informierte ihn der Mann am Empfang, als Leuchtenberg erschöpft die Hotelhalle betrat.

Aus dem großen Saal tönte Hämmern und Klopfen. Leuchtenberg schritt die Stufen zum Saaleingang hoch und trat ein. Am anderen Ende des Saales werkelten einige Arbeiter an einer großen Treppe. In der Ecke lag noch aufgerollt ein großer ockerfarbener Teppich. Eine Frau stand auf einer Leiter und machte sich an den Vorhängen zu schaffen. Plötzlich hörte er aus einem Nebenraum eine türkische Frauenstimme, die er kannte.

Im ersten Augenblick dachte er, es wäre Sehin, und er

erschrak. Er stand eine Weile unentschlossen da, bevor er einen Blick in den Nebenraum wagte.

Dort saß Ozlem Yildirim an einem mit Papieren übersäten Tisch und redete auf drei Männer ein, die vor ihr standen. Einer kratzte sich am Kopf.

Sie sah auf.

»Hallo«, sagte sie, »kommen Sie ruhig rein.«

Sie gab eine Anweisung und wandte sich dann wieder Leuchtenberg zu.

»Was macht Ihre Idee?«

»Ich schrieb sie nicht auf. Ich weiß nicht mehr, ob sie wirklich so gut ist, wie ich im ersten Augenblick annahm. Aber ich vergesse sie sicher nicht.«

Er zog ihren silbernen Schreiber aus seinem Jackett und reichte ihn ihr.

»Herzlichen Dank.«

Ozlem Yildirim drückte einem der Arbeiter eine große Zeichnung in die Hand. Die Männer gingen zur Tür. Einer von ihnen drehte sich noch einmal um und sagte einige Worte auf Türkisch. Frau Yildirim antwortete ihm so schneidend scharf, dass der Mann erschrak und sich schleunigst verdrückte.

Leuchtenberg lachte.

»Bereiten Sie die Modenschau vor?«

Die Frau nickte und sah ihn an.

Er fühlte plötzlich seinen Herzschlag.

»Kennen Sie eine Frau namens Sehin Kaya?«, fragte er leise.

Ozlem Yildirim schien einen Augenblick mit ihrer Antwort zu zögern.

»Ich kenne eine Frau, die früher einmal so hieß«, sagte sie schließlich.

»Wird sie hier sein?«

»Bei der Modenschau? Ich hoffe doch.«

»Darf ich Sie heute Abend zum Essen einladen?«, hörte er sich fragen.

Ozlem Yildirim blickte ihn überrascht an.

»Gerne«, sagte sie dann, »aber ich kann hier erst um zehn Uhr weg. Das ist für deutsche Verhältnisse spät, ich weiß.«

»Das ist ganz wunderbar«, sagte Leuchtenberg, »treffen wir uns unten am Aufzug.«

Sie nickte.

Sein Herz flog hoch, als er die Treppen hinauf zu seinem Zimmer stürmte. Doch auch dort kam er nicht zur Ruhe.

Sehin!

Er würde Sehin sehen.

Es waren nur noch zwei Tage bis zur Modenschau.

*

Zehn Minuten nach zehn erschien Ozlem Yildirim am Aufzug. Sie trug einen roten Hosenanzug aus einem glatten Stoff, der Leuchtenberg teuer vorkam. Um ihre Schultern lag ein breiter Schal aus Kaschmir und Seide. Leuchtenberg würde heute Abend mit einer schönen Frau ausgehen.

»Und, haben Sie einen Plan?«, fragte sie ihn.

»Ich kenne einige Lokale hier in der Nähe«, sagte er, »was man in zwei Tagen in der Umgebung so erforschen kann.«

»Darf ich mir etwas wünschen?«, fragte sie.

»Alles.«

»Ein Freund von mir betreibt ein Lokal am Bosporus«, sagte sie, »wir müssen ein Stück mit dem Taxi fahren.«

Sie verließen das Hotel, und er hielt ihr den Schlag eines Taxis auf, das vor dem Eingang auf Fahrgäste wartete.

Sie nannte dem Fahrer das Ziel auf Türkisch, und der Wagen fuhr sofort los.

Nach ein paar Minuten fragte sie den Fahrer etwas, der antwortete unwirsch, und plötzlich wurde Ozlem Yildirim laut. Sie beschimpfte den Fahrer.

Leuchtenberg wollte etwas sagen, aber sie beachtete ihn nicht, sondern schrie weiter den Fahrer an.

Das Taxi hielt am Straßenrand.

Ozlem Yildirim öffnete die Tür auf ihrer Seite.

»Steigen Sie aus, schnell«, sagte sie.

Er stieg aus und sah, wie sie eilig die Straße hinablief.

Er folgte ihr.

Plötzlich stand der Taxifahrer neben ihm und sprach auf Türkisch zu ihm, schnell und laut. Leuchtenberg verstand kein Wort.

»Sprechen Sie Deutsch?«, fragte er ihn und: »Do you speak English?«

Ozlem Yildirim kam zurück und zog Leuchtenberg mit sich. Der Fahrer lief hinter ihnen her, schrie und schimpfte. Er versuchte Frau Yildirim am Arm zu festzuhalten.

Leuchtenberg baute sich vor dem Mann auf.

»So spricht man nicht zu einer Dame«, schrie er ihn an.

Der Fahrer schwieg einen Augenblick verblüfft und redete dann umso schneller auf ihn ein.

»Auf keinen Fall spricht man so mit einer Dame«, schrie Leuchtenberg erneut.

Ozlem Yildirim stoppte ein anderes Taxi. Sie lief zurück und zog ihn am Arm von dem wütenden Fahrer weg und bugsierte ihn in den zweiten Wagen, ließ sich auf den Rücksitz fallen und sagte etwas auf Türkisch. Der Fahrer gab Gas und ließ den immer noch schimpfenden Kollegen hinter sich zurück.

»Verwandtschaft?«, fragte er.

Sie lachte.

»Keine Verwandtschaft«, sagte sie, »nur der übliche Krach mit einem Istanbuler Taxifahrer. Er wollte eine Weltreise mit uns machen. Mit dem Fahrgeld für die Route, die er fahren wollte, hätte er die Schulkosten seiner zehn Kinder bezahlen können.«

Leuchtenberg lachte.

»Sie sind ja ein richtiger Gentleman«, sagte sie und ahmte ihn nach: »So spricht man nicht mit einer Dame.«

Sie lachten, und der Taxifahrer fiel aus unerklärlichen Gründen in ihr Gelächter ein.

Der Wagen fuhr nun bergab und erreichte den Bosporus. Das Wasser lag wie ein dunkles Band zu ihrer Rechten. Die Lichter der Stadt reflektierten darin, es war warm, und Leuchtenberg ließ den Arm aus dem Wagenfenster hängen und genoss den lauen Fahrtwind.

»Das ist meine Stadt«, sagte Ozlem Yildirim so leise, dass Leuchtenberg sie kaum verstand. Sie sah auf den Bosporus.

»Das ist der Dolmabahçe Sarayı.«

Sie fuhren an dem Portal eines großen Palastes vorbei.

»Etwas überladen«, sagte Leuchtenberg vorsichtig.

»Stimmt«, sagte sie, »der westlichste der Sultanspaläste. Der türkische Architekt Karabet Balyan baute ihn zusammen mit seinem Sohn Nikogos, der in Paris studierte. Mich erinnert der Palast immer ein wenig an Versailles, im Guten wie im Schlechten. Der Palast wurde gebaut, als das Osmanische Reich schon geschwächt war. 1839 war es schon ein Spielball der westlichen Mächte. Der Herrscher versuchte Reformen nach westlichem Vorbild, und dieser Palast ist in vielem ein Zitat europäischer Schlossbauweise.

Es gibt im Treppenhaus ein Geländer aus Kristall – dem der Pariser Oper nachempfunden. Die Türken richteten sich schon früher nach dem westlichen Vorbild aus, oft in der Hoffnung, dann so bleiben zu können, wie sie sind. Vielleicht residierte Atatürk deshalb in diesem Palast, wenn er in Istanbul war, er mochte ihn dennoch nicht besonders. Aber er ist hier gestorben.«

»Am 10. November 1938.«

»Aha, ich sehe, Sie beschäftigen sich mit türkischer Geschichte«, sagte sie und sah ihn prüfend an.

»Ich will ehrlich sein: Ich sah das Datum in dem kleinen Museum in der Atatürk-Hotelsuite im Pera Palas.«

Sie lächelte.

Dann fragte sie: »Wollen Sie noch eine kleine Geschichtslektion?«

Leuchtenberg dachte daran, wie gerne er Sehins Erzählungen zugehört hatte, und nickte.

Sie sagte: »Früher war hier eine Bucht. Da die Byzantiner das Goldene Horn mit einer Kette abgesperrt hatten, ließ Mehmet II. seine Schiffe von hier über den Berg ins Goldene Horn tragen. Er ließ dafür die Bucht mit Steinen auffüllen – und daher trägt sie ihren Namen. Dolmabahçe heißt so viel wie ›Gefüllter Garten‹. Im Inneren des Palastes ist ein Bad aus reinem Alabaster. Dieses Bad hat meine Mädchenträume sehr beschäftigt.«

Sie schloss die Augen und lehnte sich gegen die Rückenpolster. Leuchtenberg sah, wie sich ihr Oberkörper beim Atmen dehnte und zusammenzog, und plötzlich konnte er sich diese Frau sehr gut in einem Alabasterbad vorstellen. Er sah sie von Weitem, nur Kopf und Füße ragten aus schneeweißem Schaum. Wie jetzt hielt sie die Augen geschlossen und bewegte sich träge im Wasser.

Ozlem Yildirim wandte den Kopf zu ihm.

»Wollen Sie etwas über Sehin Kaya hören?«

Er nickte.

»Nun, sie ist eine der außergewöhnlichsten Designerinnen Istanbuls. Seit vielen Jahren verbindet sie klassische arabische oder orientalische Mode mit westlicher Haute Couture. Unbeirrbar. Viele Jahre lang wollte das niemand sehen, geschweige denn schneidern und verkaufen. Die Mode hierzulande richtete sich ganz nach dem Westen aus, und nun, da wir langsam wirklich westlich werden, möchten wir etwas Eigenes nach Europa mitnehmen. Ihre Zeit scheint gekommen. Sehins Stern geht gerade auf.«

Und meiner geht gerade unter, dachte Leuchtenberg.

»Ich werde Ihnen einen Platz bei der Modenschau beschaffen, wenn Sie wollen. Nicht gerade in der ersten Reihe. Ich werde noch einen Stuhl in eine der hinteren Reihen quetschen«, sagte sie, »dann werden Sie selbst sehen.«

»Gerne.«

»Das ist übrigens eines der besten Hotels der Stadt«, sagte sie und wies auf einen Palast, an dem sie gerade vorbeifuhren, »das Hotel Ciragan Kempinski. Hierhin wurde Murat V., der rechtmäßige Thronfolger, von seinem Bruder verschleppt und versteckt. Doch der Bruder hatte wahrscheinlich recht, denn Murat war geistesgestört.«

Beide schwiegen.

»Ist Sehin … verheiratet?«

»Ja«, sagte sie und schaute zum Fenster hinaus.

Merkwürdig, dass ich nichts fühle, dachte er. Soll ich sie fragen, ob Sehin glücklich ist?

Aber er schwieg.

*

Sie passierten Ortaköy und die erste große Bosporusbrücke. Kurz vor der zweiten großen Brücke hielt das Taxi.

»Wir sind da.«

Leuchtenberg bezahlte den Fahrer.

»Kommen Sie«, sagte Ozlem Yildirim und stieg vorsichtig hinunter zum Ufer.

Leuchtenberg sah einen kleinen Landungssteg, an dem eine etwa zehn Meter große Barkasse im Wellengang schaukelte. In der Mitte des Bootes befand sich eine Kabine, und als er näher kam, erblickte er innerhalb der Kabine mehrere Holzbänke.

»Kommen Sie«, rief Ozlem Yildirim wieder, als sie das Ufer erreichte.

Er schloss zu ihr auf.

Aus der Kabine tauchte ein bärtiger Mann auf, der Frau Yildirim die Hand reichte, um ihr ins Boot zu helfen. Leuchtenberg lehnte die angebotene Hand ab, die der Fährmann auch ihm entgegenstreckte. Ein großer Schritt, und er stand im Heck des Bootes.

Der Boden wankte leicht unter seinen Füßen. Mit einem schnellen Griff hielt er sich an der Tür zur Kajüte fest, doch seine Sorge war unbegründet, der Bosporus lag ruhig und in ein dunkles Blau gehüllt, und die Schwankungen des Bootes wirkten eher sanft und gleichmütig.

Ozlem lehnte an der Reling und sah ihm zu, wie er die Hand nun von der Tür löste. Sie lächelte.

Inzwischen hatte der Mann mit dem Vollbart das Tau, das dic Barke am Ufer hielt, vom Poller gelöst. Er stampfte in das Innere der Kajüte und drückte einen weißen Knopf, der links neben dem Steuerrad aus einer Holzverschalung lugte. Der Motor hustete zweimal, sprang dann an, und das Boot schob sich vorsichtig vorwärts. Nach ein paar Metern drehte der Mann das Steuerrad, und sie nahmen Kurs auf das gegenüberliegende Ufer.

Der Fahrtwind umschmeichelte sie. Immer noch war es warm. Leuchtenberg stellte sich zu Ozlem an die Reling. Noch immer zog der Wind sanft an ihrem Schal. Ein leiser Hauch eines orientalischen Duftes wehte zu ihm herüber, und er schloss die Augen und bemühte sich, nicht an Sehin zu denken.

Als sie auf der anderen Uferseite anlegten, nahm Leuchtenberg Ozlem bei der Hand und führte sie sicher über die schmalen Planken des Steges. Sie dankte es mit einem kleinen Lächeln.

Sie befanden sich inmitten eines terrassenförmig angelegten Gartens. Vereinzelte Tische standen mit Kerzenlicht geschmückt auf dem sorgfältig geschnittenen Rasen. Hin und wieder eilte ein Kellner vorbei. Im Hintergrund erhob sich ein altes Holzhaus.

»Diese traditionellen Bosporushäuser nennen wir Yali«, sagte sie, »das Restaurant betreibt ein Freund. Es heißt Lacivert.«

Plötzlich stand ein Mann vor ihnen und begrüßte Ozlem Yildirim. Er führte beide an einen Tisch direkt am Wasser.

Sie bestellten Garnelen, portugiesischer Art, als Vorspeise. Ozlem wählte Ente mit Sauerkirschsoße, und Leuchtenberg bestellte ein Lacivert-Steak mit pochierten Pilzen.

Aus der Weinkarte wählte er einen italienischen Merlot. Ozlem nickte, sie schien mit dieser Wahl zufrieden zu sein. Leuchtenberg sah sich um. Auf dem Nachbartisch standen bereits einige geleerte Raki-Flaschen.

Der Kellner brachte Wein und Wasser.

»Für ein Land, dessen Religion Alkohol verbietet, wird in dieser Stadt erstaunlich viel getrunken«, sagt er.

»Dafür haben wir eine schöne Ausrede: Allah verbot den Wein, aber vom Raki sagte er nichts.«

Sie lachten.

Er sagte: »In der Gegend, aus der ich komme, gibt es ein Gericht, das aus ähnlichen Gründen entstand. Normalerweise dürfen Christen freitags kein Fleisch essen. Kluge Mönche mischten es deshalb mit Spinat und wickelten es freitags in Teig ein. Damit Gott die Sünde nicht sähe. So entstanden die Maultaschen – sehr beliebt im Südwesten Deutschlands.«

»Maultaschen!«

Sie lachte über den Namen, und wenn sie lachte, lachten ihr Mund und das ganze Gesicht, sodass es ihm eine Freude war, sie anzusehen. Aber die Augen, die großen braunen Augen, die in einer durchsichtigen Flüssigkeit zu ruhen schienen, sahen ihn belustigt an, so als lachten sie nicht mit ihm, sondern über ihn.

»Was werden Sie noch tun bis zur Modenschau?«, fragte sie.

»Morgen gehe ich in den Basar.«

»Dort wird man Ihnen Textilien und Lederwaren anbieten. Die Deutschen sind für die Lederhändler interessant. Die höherwertigen Produkte werden Ihnen wahrscheinlich gar nicht oder nur ausnahmsweise angeboten.«

»Welche sind das?«, fragte er.

»Gold und Teppiche«, sagte sie. »Die verkaufen die Händler lieber an Amerikaner oder an andere Europäer.«

»Warum?«

»Wie ich Ihnen schon sagte – das deutsche Vorurteil: Die Türken bekommen nichts Höherwertiges zustande. Und so werden den Deutschen die besten Sachen oft erst gar nicht angeboten.«

»Wann wussten Sie, dass Sie in Sehin verliebt sind?«, fragte sie.

Sie lehnte sich im Stuhl zurück und sah ihn an. Ihr Zeigefinger und Daumen strichen langsam den Stiel des Rotweinglases entlang. Es war eine laszive Geste, die Leuchtenberg verwirrte und die ihr nicht bewusst zu sein schien.

»Sie wusste es vor mir«, sagte er.

Sie hob überrascht den Kopf: »Sie meinen: Sehin wusste vor Ihnen, dass Sie in Sehin verliebt sind?«

Leuchtenberg nickte.

Er sagte: »Ja. Vielleicht war sie sich nicht ganz sicher, dass es so war, aber sie wandte eine drastische Methode an, es herauszufinden.«

»Erzählen Sie es mir?«

Er dachte sich in den Sommer zurück, als sie alle zum Schwimmen an den Schafspfuhl gegangen waren.

Er sagte: »Es war ein Sommer, so wie dieser. Wir, Sehin, einige unserer Freunde und ich, liefen nach der Schule an unseren Lieblingsplatz am Fluss. Dort gab es eine richtig tiefe Stelle, mit einigen nicht ganz ungefährlichen Wirbeln und Strömungen. Für geübte Schwimmer kein Problem, sie konnten sogar von einem Felsen einige Meter hinab ins Wasser springen. Die Leute nannten diese Untiefe den Schafspfuhl. Dort lagen wir in der Sonne oder schwammen.«

Er sah zu ihr hinüber. Ihre Augen schauten ihn an, und gerne hätte er gewusst, was sie in diesem Augenblick dachte. Sie spielte noch immer mit dem Glas.

»Ich kann nicht schwimmen«, sagte er leise.

»Sie können nicht schwimmen?« Ihre Stimme klang ungläubig.

»Ich habe es nie gelernt und diese Fähigkeit auch nie vermisst. Mit Ausnahme dieses einen Tages.«

Sie legte die Arme auf den Tisch und beugte sich weiter nach vorne, um ihm besser zuhören zu können.

Er sagte: »Wir lagen auf dem Felsen, und unter uns war der Schafspfuhl ...«

»Diese tiefe Stelle im Fluss.«

»Genau. Sehin, Jochen und Fred sprangen von hier hinunter. Es schien ihnen einen Riesenspaß zu machen.«

»Und Sie? Was machten Sie?«

»Ich lag auf einem Handtuch auf dem Felsen und tat so, als würde ich in einem Buch lesen.«

»Und in Wirklichkeit?«

»Ich grämte mich. Sehin wirkte ausgelassen. Glücklich. Und beachtete mich nicht. Sie kam auf den Felsen, lachte, nahm Anlauf und sprang ins Wasser. Die beiden anderen Jungs sprangen hinterher.«

»Nur Sie nicht.«

»Nein. Ich nicht.«

»Sie ärgerten sich, weil Sehin Sie nicht beachtete.«

»Und weil sie mit Fred, einem anderen Jungen, flirtete. Sie nahmen sich bei der Hand und sprangen gemeinsam vom Felsen. Ich schaute von oben herunter, ob Sehin gut angekommen sei. Erhob mich lässig vom Handtuch und schielte über die Felskante.«

»Und? Was sahen Sie?«

»Unten im Wasser tollte Sehin mit Fred umher. Sie steckte seinen Kopf unter Wasser, und er versuchte ihr den Träger des Badeanzuges abzustreifen.«

»Und was taten Sie?«

»Ich brüllte die beiden von oben an. Sie seien kindisch, so etwas in dieser Art. Das war keine gute Idee. Ich sah, wie sich Sehins Gesicht verdüsterte. Wütend ließ sie von Fred ab und schwamm zum Ufer. Und rannte den Pfad hinauf auf den Felsen.«

Ozlem beugte sich weiter vor.

»Und dann?«, fragte sie.

»Sie bog um eine Hecke, und sie war richtig wütend. Direkt vor mir baute sie sich auf, ihre Augen glitzerten mich an. Sie sagte: ›Und – liebst du mich?‹ Nein, sie sagte es nicht, sie schrie diese Frage laut heraus, so laut, dass Jochen und Fred es hören konnten.«

»Und Sie? Was machten Sie?«

»Ich weiß es nicht mehr. Ich glaube, ich sagte gar nichts, stand einfach vor ihr.«

Andreas sah Ozlem an. Ihr Gesicht wirkte gespannt, und wieder schien es ihm so, als stünden ihre Augen in keinem Zusammenhang zu ihrer Mimik.

»Erzählen Sie weiter.«

»Plötzlich war sie ganz ruhig. ›Wenn du mich liebst‹, sagte sie leise, ›dann spring – jetzt!‹ Und sie deutete auf den Felsenrand.«

Er sah Ozlem an. Im Schimmer ihrer Augen spiegelten sich die Kerzen.

»In diesem Augenblick wusste ich es. In diesem Augenblick wurde es mir klar, ich liebte sie. Vielleicht sogar schon lange, aber bis dahin wusste ich es nicht. Es war ein tolles Gefühl, es war warm und klar. Ich drehte mich um, trat an den Felsen, sah nur kurz nach unten, hielt mir die Nase zu und sprang.«

Ozlem hob leicht den Kopf, als könne sie ihn nun besser sehen.

»Und?«, fragte sie.

»Es gab einen richtigen Knall, als ich aufs Wasser schlug.

Dann sank ich. Ich weiß noch, dass meine Füße irgendwann den Boden berührten, und ich stieß mich ab, kam wieder nach oben, mit dem Kopf über Wasser, konnte einmal Luft schnappen, und dann sank ich wieder. Unendlich lang, wie mir schien, obwohl ich wie wild zappelte. Endlich fanden meine Füße wieder Grund, und ich stieß mich erneut ab, kam nach oben, aber nicht mehr hoch genug. Ich konnte kaum Luft schnappen, schluckte Wasser und sank wieder. Ich weiß noch genau, was ich dachte: Wenn ich jetzt sterben muss, dachte ich, dann weiß Sehin, dass ich sie liebe. Dieser Gedanke beruhigte mich, während ich gleichzeitig völlig in Panik mit Beinen und Armen strampelte und eine Heidenangst hatte. Aber dann war sie schon da, packte mich am Arm, zog mich nach oben und schleppte mich ans Ufer. Dort erbrach ich das geschluckte Flusswasser.«

»Und Sehin?«

»Sie weinte.«

»Sie weinte?«

»Ja, sie weinte und küsste mich. Und freute sich, dass es ausgesprochen war … und dass ich lebte.«

Dann sagte er: »Seit diesem Tag waren wir ein Paar.«

Sie sahen sich an.

Andreas hob sein Glas, und sie tat es ihm gleich. In der Mitte des Tisches berührten sich die Kelche mit einem leisen Klirren.

Das Geld liegt im Bauch des Löwen

Am nächsten Morgen verschlief er das Frühstück. Selbst der Straßenlärm, der seinen Träumen Bilder von dröhnenden Panzerkolonnen aufzwang, weckte ihn nicht.

Die Kellner tragen in diesem Augenblick das Obst und Gemüse aus dem Speisesaal. Bis ich geduscht habe und angezogen bin, gibt es nicht einmal einen Tee, dachte er.

Er würde Ozlem Yildirim nicht sehen.

Heute gehe ich in den Basar, dachte er. Mal sehen, ob die Basaris mir nur Lederwaren andrehen wollen oder ob ich auch für Gold und Teppiche gut bin.

Eine halbe Stunde später fischte er vor dem Hotel ein Taxi aus dem Verkehr und ließ sich auf die andere Seite des Goldenen Horns fahren. Der Fahrer hatte den Taxameter angeschaltet und verlangte vier Millionen. Irgendwie freute er sich, dass er den Wagen benutzen konnte, ohne in Streit mit dem Fahrer zu geraten, zahlte und stieg aus. Er stand vor dem Eingang des Kapalı Çarsi, des Großen Basars.

Über dem Tor hing ein großes Schild: der Halbmond mit den gekreuzten Schwertern, ein Symbol, das er auch in der Wohnung von Sehin und ihren Eltern gesehen hatte.

»Das ist das Zeichen des osmanischen Reiches«, hatte sie ihm erklärt.

»Und es hängt auch über dem Basar in Istanbul«, flüsterte sie ihm später ins Ohr, als sie endlich zurück war aus dieser Stadt und sie wieder an ihrem Platz lagen, ›unserem heiligen Ort‹, wie der katholische Andreas ihre kleine Höhle unter dem Fliederbusch nannte.

»Was würde dein Vater sagen, wenn er uns hier findet?«, fragte er Sehin. Sie sah ihn erschrocken an.

»Das will ich mir lieber gar nicht vorstellen, aber vielleicht vermutet er es auch schon und beschäftigt sich bloß nicht weiter damit.«

Dann sagte sie: »Und was würden deine Eltern sagen?«

»Es gäbe richtig Ärger«, sagte Andreas.

Sehin oder ›das Türkenmädle‹, wie sie in der Unteren Bahnhofstraße genannt wurde, gehörte nicht zu den Mädchen, die sich seine Eltern für ihn gewünscht hätten. Zwar akzeptierten sie den Umgang mit Sehin, aber auf der sozialen Stufenleiter, die feingliedrig auch in ihrer Straße galt, standen die Kayas doch so weit unten, dass eine Verbindung nicht in Frage kam. Und katholisch war sie ja auch nicht. Und was wusste man schon über die Mohammedaner?

Die beiden kicherten und waren sich einig in der Überzeugung, sie seien klüger als alle Erwachsenen dieser Welt.

»Mein Großvater arbeitete im Großen Basar«, sagte sie, »er flocht Körbe und Behältnisse aus Stroh und Schilfrohr. Solche Körbe heißen bei uns Zembil, und mein Großvater war ein Zembilci. Als Kind half ich ihm oft. Wenn er einen Kunden in seinem Geschäft empfing, rannte ich los und holte zwei Gläser Tee. Der Großvater schätzte den Kunden ein, und wenn er den Daumen kurz hob, brachte ich normalen Çay, senkte er ihn, servierte ich Apfeltee. Er nannte mich ›Mein Himmelsstern‹.«

Sie räkelte sich auf der Wolldecke, die er mitgebracht hatte, und rieb ihre Zehen an seinem Bein.

Er fragte: »Und deine Eltern? Was machten die?«

»Mein Vater kämpfte oft auswärts. Er war Ringer.«

»Ringer?«

»Ja. Soll ich dir ein paar Bilder von ihm zeigen?«

Andreas nickte, aber bedauerte diese Reaktion sofort, denn Sehin sprang auf und verließ ihr Versteck.

Über eine halbe Stunde lag er allein unter dem Fliederbusch und fürchtete, sie käme nicht mehr wieder. Doch dann erschien sie, außer Atem, und zeigte ihm einige alte Schwarz-Weiß-Fotos.

»Yagli Güres«, sagte sie.

Andreas sah sie fragend an.

»Yagli Güres«, wiederholte sie, »heißt bei uns Ringkampf. Im Sommer kämpfen die stärksten Männer der Türkei um die Meisterschaft. Mein Papa immer mittendrin. Hier: Das ist in Kirkpinar.«

Sie reichte ihm ein Bild. Andreas sah fünf Männer mit nacktem Oberkörper in die Kamera lachen. Sie trugen knielange Hosen, die ihm altmodisch vorkamen.

»Hosen aus der bayrischen Bergwelt«, sagte er.

»Quatsch.« Sie zog mit einer schnellen Bewegung das Bild wieder weg und sah es selbst an.

»Das da ist mein Papa.«

Sie deutete auf einen der lachenden Muskelberge.

»Das ist ein Bayer«, sagte Andreas.

»Quatsch bayrisch«, sagte sie, »das sind Hosen aus Leder.«

»Lederhosen, bayrisch, sag ich doch«, jubilierte Andreas.

»Sei nicht so blöd«, sagte sie, »das ist echt türkisch. Ringkämpfer ölen sich vor dem Kampf ein, damit der Gegner sie nicht packen kann.«

»Eingeölte Bayern«, gluckste Andreas, und nun war Sehin eingeschnappt. Sie steckte die anderen Fotos in ihre Umhängetasche zurück. Er bettelte, aber sie blieb hart.

»Immer wenn er außerhalb Istanbuls kämpfte, durfte ich zu meinem Großvater in den Basar«, sagte sie nach einer Weile.

Sie schien ihm verziehen zu haben.

»Und deine Großmutter«, fragte er, »was machte die?«

»Meine Großmutter«, sie verzog das Gesicht, »meine Großmutter war eine Hexe. Bei ihr mochte ich nicht sein. Ich half lieber meinem Großvater im Basar.«

*

Durch diesen Eingang ist sie als Kind gegangen, dachte er, und ihm wurde ganz schwer zumute.

»Chanel, Opium, Lagerfeld, Boss«, schrie ihm ein junger Mann ins Ohr.

Er trug vor sich in einem Bauchladen einige Parfümflakons.

»Für die Liebste zu Hause«, sagt er, »sie wird Augen machen. Die besten Parfüme der Welt. Für nur 10 Euro das Stück.«

»Danke nein«, sagte Leuchtenberg.

»Nirgends auf der ganzen Welt bekommen Sie diese Düfte für nur 10 Euro. Sie wird Augen machen, die Liebste.«

Nichts wie weg.

Andreas Leuchtenberg betrat den Basar.

Er sah eine breite Straße, überwölbt von einer Halbkuppel. Es herrschte ein angenehmes Halbdunkel. Das Licht schien von den Läden zu stammen, die beide Seiten des Weges säumten. Warmer Schimmer und sanfte Farben glommen ihm entgegen, sodass er für einen Augenblick überrascht stehen blieb, um das orientalische Bild in sich aufzunehmen.

»Deutschland? Wo kommen Sie her?«, fragte ihn ein freundlich grinsender Türke.

Leuchtenberg drehte sich erstaunt um und nannte dem Mann seinen Heimatort.

»Ja«, sagt der, »da war ich auch schon. Ich habe einige Zeit in Tübingen gelebt.«

»Tatsächlich? Studium?«

»Nein, nein«, der Mann winkte ab, »meine Eltern verkauften dort Gemüse. Tübingen hat ein sehr schönes Rathaus.«

»Ja, das stimmt.« Leuchtenberg registrierte, dass er sich freute, hier jemanden zu treffen, der sich in seiner näheren Heimat auskannte.

»Wie lange bleiben Sie in Istanbul?«

»Leider nur noch ein paar Tage.«

»Und – gefällt Ihnen meine Heimat?«

»Ja, ja, sehr schöne Stadt«, stammelte Leuchtenberg.

»Schönste Stadt der Welt«, sagte der Türke und warf sich in die Brust.

Beide lachten.

»Kommen Sie«, sagte der Mann, »ich habe etwas für Sie.«

Er bugsierte Leuchtenberg zwei Meter weiter zu einem Stand.

»Türkische Früchte! Auf der ganzen Welt gibt es nichts Vergleichbares.«

Ein Verkäufer kam auf sie zu.

»Sie wollen türkische Früchte?«

»Nein, nein«, sagte Leuchtenberg, »vielen Dank.«

Er sah sich nach seinem Begleiter um, aber der war schon wieder verschwunden.

»Probieren Sie mal«, sagte der Verkäufer, »Orange.«

»Nein, vielen Dank, das möchte ich nicht, vielen Dank.«

»Wenn man in der Türkei kostenlos etwas angeboten bekommt, dann kann man nicht nein sagen«, sagte der Verkäufer mit ernstem Gesicht.

Hatte er den Mann jetzt beleidigt?

Mit einem kurzen Messer schnitt dieser ein Stück von einer kandierten Orange ab, legte es auf eine Serviette und reichte sie ihm. Leuchtenberg probierte. Wie erwartet schmeckte die kandierte Frucht süß – zu süß für seinen Geschmack.

»Ja, ja, sehr gut«, sagte er.

»Nehmen Sie diese Dose mit gemischtem Obst. Sehr preiswert, sehen Sie!« Der Verkäufer griff nach einer blauweißen Dose, die hinter ihm in einem hellen Holzregal stand.

Leuchtenberg wollte keine türkischen Früchte. Aber wie kam er von diesem Stand weg, ohne den Verkäufer zu beleidigen?

Er trat zwei Schritte zurück, und der Mann folgte ihm.

»Solche Früchte gibt es in ganz Istanbul nicht.«

»Ja, sehr gut«, sagte Leuchtenberg, dann nahm er sich zusammen und floh, ohne auf die enttäuschten Rufe des Verkäufers zu achten.

Leuchtenberg folgte der großen Straße. Er kam an den verglasten Fronten der Gold- und Schmuckläden vorbei, deren Schaukästen die ausgelegte Ware in einem warmen, gelben Ton beleuchteten. Rechts und links zweigten kleinere Gassen ab, und er folgte einer Passage ein paar Meter, bog dann erneut ab, weil dort ein Laden an der Ecke Hunderte von orientalischen Lampen feilbot, schlenderte einen Gang mit Kaschmir- und Seidenschals entlang, sah

Werkstätten mit Silbergeschirr, Schmuck, Kleidern, Fliesen und Lederwaren.

An einem Eckstand kaufte er zwei Kaschmirschals für Ute und überlegte, was Ilse gefallen könnte. Da ihm nichts einfiel, ging er weiter.

Die Wege waren schmaler geworden. Trotzdem herrschte noch immer ein reges Getümmel. Aber er sah nur noch selten Touristen, die sich hier in die kleineren Gassen verirrt hatten. Offensichtlich war er am Rande des Großen Basars angekommen. An der grauen Mauer entdeckte er ein kleines Café. Seine Füße schmerzten bereits. Ein Tee würde jetzt gut tun.

Nur zwei Holztische standen dort mit je zwei Bänken. An einem der Tische saß ein deutsches Ehepaar.

Jetzt ergeht es mir schon wie den türkischen Geschäftsleuten, dachte er, ich erkenne die Deutschen schon von Weitem, ohne ein Wort mit ihnen gewechselt zu haben.

Mal sehen, ob ich Recht habe.

»Guten Tag«, sagte er, als er sich an den freien Tisch setzte.

»Guten Tag«, sagte die Frau am Nebentisch – mit deutlich rheinischem Akzent.

Auch ihr Mann drehte sich zu ihm um.

»Das sind alles Gangster hier«, sagte er.

Leuchtenberg hob fragend die Augenbrauen.

»Schauen Sie mal dort drüben«, sagte der Mann und wies auf ein Schild, das neben dem Eingang zur Toilette hing.

Auf Englisch stand dort, die Benutzung der Toilette koste eine Million türkische Lira.

»Na ja«, sagte Leuchtenberg, »bei uns kostet das ja auch was.«

»Darum geht es doch gar nicht«, sagte der Mann aus Düsseldorf wütend und sein Kopf schien etwas anzuschwellen: »Lesen Sie doch, was darunter in Türkisch steht.«

»Leider kann ich kein Türkisch.«

»Aber Sie können doch die Zahl lesen!«

Leuchtenberg sah erneut hin. In der türkischen Version des gleichen Textes beliefen sich die Kosten der Toilettenbenutzung auf 500 000 Lira.

»Von uns Ausländern verlangen sie eine Million, aber sie selbst zahlen nur die Hälfte«, sagte der Mann.

»Das ist doch diskriminierend«, sagte seine Frau.

»Und trotzdem haben Sie etwas gekauft«, sagte Leuchtenberg und wies auf eine große schwarze Plastiktasche, die unter dem Tisch des Ehepaares stand.

»Drei Stunden Verhandlung«, sagte der Mann, und ein zufriedenes Leuchten überzog sein Gesicht.

Er winkte ihm wie einem Mitverschwörer zu und senkte die Stimme.

»Erst wollten sie 2000 Euro haben«, sagte er.

»Mein Mann hat nur gelacht und ist wieder gegangen«, sagte seine Frau.

»Aber der Türke kam gleich hinterher. Und dann mussten wir erst mal einen Apfeltee trinken.«

»Ich habe sieben davon getrunken«, sagte die Frau, »weggehen, verhandeln, neuen Apfeltee trinken. Ich kann hier gar nicht mehr weg.«

Sie wies mit dem Daumen auf die Toilettentür.

»Bei 850 habe ich eingeschlagen«, sagte der Mann.

»Der Türke hat zum Schluss gesagt, so hart hätte schon lange niemand mehr mit ihm verhandelt«, sagte die Frau stolz.

»Wir haben nämlich auch ein Geschäft in Düsseldorf«, sagte der Mann.

»Schreibwaren«, ergänzte die Frau.

»Und was haben Sie gekauft?«, fragte Leuchtenberg.

Der Mann bückte sich und hob die schwarze Tasche auf. Leuchtenberg beobachtete besorgt, wie sich sein Gesicht wieder rot färbte. Der Düsseldorfer stellte die Tasche auf seinen Schoß und nestelte am Reißverschluss.

»Lass mich das doch machen«, sagte seine Frau und beugte sich über den Tisch.

Schließlich zogen sie zu zweit einen Kelim aus der Tasche. Die Frau breitete ihn über dem Tisch aus. Es war ein Streifenkelim, mit sorgfältig abgestimmten roten, braunen, grünen und blauen Streifen. Bedächtig fuhr die Frau mit dem Handrücken über das Textil.

»Wir sammeln nämlich Kelims. Wir haben schon acht davon.«

»Alles gute Stücke«, sagt ihr Mann.

In diesem Augenblick setzte sich ein Mann an das Ende ihres Tisches. Ohne dass er bestellte, brachte der Kellner ihm ein Mineralwasser. Er war nicht älter als vierzig und trug einen eleganten dunkelblauen Anzug, ein weißes Hemd mit hellblauer Krawatte. Und glänzende schwarze Schuhe.

»Der ist noch aus dem 18. Jahrhundert«, sagte der Düsseldorfer und rollte den Kelim wieder zusammen.

»Schade, dass Sie schon einen Teppich gekauft haben«, sagte der Mann im blauen Anzug, »wirklich schade. Ich habe nämlich auch ein Geschäft und verkaufe Kelims. Ein sehr schönes Geschäft. Etwas außerhalb des Basars. In den alten Zisternen. Ich habe sie restaurieren lassen. Ein sehr schöner Laden. Spezialisiert auf Kelims.«

»Jetzt haben wir schon einen«, sagte der Düsseldorfer und rollte weiter an seinem Kelim.

»Darf ich ihn einmal sehen?«, sagte der Mann.

»Gerne.« Der Düsseldorfer rollte den Teppich wieder aus und reichte ihn dem Mann am anderen Ende des Tisches.

»Ein altes Stück«, sagte die Frau aus Düsseldorf.

Der Mann in dem blauen Anzug breitete den Kelim vor sich aus. Mit Daumen und Zeigefinger rieb er an der unteren Ecke des Kelims. Das Gleiche tat er an der gegenüberliegenden Ecke. Er kam Leuchtenberg vor wie ein Arzt, der einen Patienten untersucht.

»Was haben Sie für das Stück bezahlt?«, fragte der Mann den Düsseldorfer.

»850 Euro«, sagte der.

Und nach einer kleinen Pause: »Runtergehandelt von 2000.«

Der Mann untersuchte nun die Mitte des Teppichs.

»Ist doch alles in Ordnung?«, sagte die Frau.

In ihrer Stimme lag eine Spur von Unsicherheit. Leuchtenberg sah dem Mann im blauen Anzug zu, der in aller Ruhe den Kelim auf die andere Seite drehte und ihn dann wortlos dem Mann aus Düsseldorf zurückgab.

»Und?«, fragte dieser.

Der Mann im blauen Anzug rührte sich nicht.

»Und«, wiederholte der Düsseldorfer, »was denken Sie?«

Der Mann sah ihn an. »Wollen Sie meine Meinung hören?«

»Ja, sagen Sie schon.«

Der Düsseldorfer wischte sich nervös den Schweiß von der Stirn.

»Komm, lass uns gehen«, drängte seine Frau.

»Nein, jetzt sagen Sie schon! Und machen Sie Ihren

Konkurrenten nicht schlecht«, sagte der Düsseldorfer, »das gehört sich nicht unter Geschäftsleuten.«

Seine Frau stand auf und rief »Zahlen« in Richtung Bar.

»Der Kelim ist nicht schlecht, aber er ist nicht alt«, sagte der Mann im blauen Anzug mit gedämpfter Stimme.

»Und woran wollen Sie das sehen?«, rief die Düsseldorferin giftig und rief dann erneut: »Zahlen, bitte!«

»Dieser Kelim wurde in Tee gefärbt und dann in der Sonne getrocknet«, sagte der Mann.

Die Gesichtsfarbe des Düsseldorfers signalisierte, dass seine Blutdruckwerte jetzt astronomische Höhen erreicht haben mussten, während seine Frau sich erschöpft auf die Holzbank zurücksinken ließ.

»Darf ich noch einmal«, sagte der türkische Händler, und der Düsseldorfer schob ihm den Kelim über den Tisch.

»Sehen Sie.«

Er steckte zwei Finger in das Glas Mineralwasser und rieb dann mit den feuchten Fingern an der unteren Ecke des Kelims. Beide Finger färbten sich sofort Ocker.

»Tee«, sagte der Mann, »eine der üblichen Methoden, einen Teppich älter aussehen zu lassen, als er wirklich ist.«

Die beiden Düsseldorfer blickten ihn finster an.

»Den geben wir sofort zurück«, zischte die Frau.

»Der nimmt den bestimmt nicht wieder«, sagte ihr Mann.

Der Mann im blauen Anzug lächelte die beiden an.

»Vielleicht kann ich etwas für Sie tun. Kommen Sie einfach mit in mein Geschäft. Es ist wirklich sehr schön. Es wird Ihnen gefallen. Ich habe dort eine Auswahl von wirklich ungewöhnlichen Kelims.«

Der Düsseldorfer nickte, packte den Kelim und stopfte ihn in die schwarze Plastiktasche.

»Zahlen«, rief seine Frau erneut dem Kellner zu, doch ihre Stimme schien alle Kraft verloren zu haben.

»Schon erledigt«, sagte der Mann im blauen Anzug und stand auf.

»Warum hat man uns das angetan?« Die Mundwinkel der Düsseldorferin zuckten. Leuchtenberg befürchtete, sie könne jeden Moment in Tränen ausbrechen.

»Wir haben hier ein Sprichwort«, sagte der türkische Händler, »das heißt: Das Geld liegt im Bauch des Löwen. Um es zu bekommen, muss man ihm ins Maul greifen.«

Dann wandte er sich an Leuchtenberg: »Kommen Sie doch auch mit, wenn Sie wollen.«

»Gerne«, sagte Andreas Leuchtenberg und stand auf.

*

Auf das Geschäft des Mannes im blauen Anzug, der sich als Bekir Muslu vorstellte, war Leuchtenberg nun wirklich neugierig geworden. Sie folgten ihm zehn Minuten durch die Ladenstraßen und Gassen, verließen den Großen Basar durch einen Seitenausgang und wühlten sich durch das Gedränge davor zu einem Gebäude in der Nähe. Über eine breite Treppe hinab gelangten sie in einen großen Raum, in dem zwischen großen Säulen Teppiche und Kelims gestapelt lagen. Tageslicht drang von den Seiten durch eine große Fensterreihe und gab dem Raum eine freundliche Stimmung.

»Diese Zisterne lag völlig vergammelt da. Ich habe sie renoviert. Früher diente sie der Wasserversorgung des Großen Basars. Heute ist der Basar an die normale Wasserversorgung der Stadt angeschlossen.«

»Wie lange haben Sie das Geschäft schon?«, wollte der

Düsseldorfer wissen, der seine normale Gesichtsfarbe wiedergewonnen hatte.

»Fünfzehn Jahre, aber früher war es an anderen Orten«, sagte Bekir Muslu.

»Sind Sie in Istanbul aufgewachsen?«, fragte Leuchtenberg, der sich plötzlich einbildete, der Mann kenne vielleicht Sehin.

»Nein.« Muslu lachte. »Ich komme weit aus dem Osten. Meine Eltern schufteten als Landarbeiter. Mit dreizehn verließ ich unser Dorf. Auf der Pritsche eines Lastwagens. Drei Tage später kam ich in Istanbul an. Zunächst arbeitete ich als Laufbursche bei einem entfernten Verwandten der Frau meines Onkels. Abends lernte ich Fremdsprachen, Deutsch, Französisch und natürlich Englisch – wegen der Amerikaner. Dann lernte ich alles über Teppiche, verkaufte für meinen Lehrherren Kelims, sparte, schließlich kaufte ich einen eigenen Laden. Vor drei Jahren habe ich dann dieses Geschäft hier eröffnet.«

Mit stolzer Geste zeigte er im Geschäft herum.

»Sehen Sie hier.« Er sprang auf und schnellte zu einem Schreibtisch, nahm ein dickes schwarzes Buch und reichte es dem Düsseldorfer. »Meine Kunden. Wichtig ist, dass die Kunden zufrieden sind.«

Der Düsseldorfer blätterte ein wenig in dem Buch und reichte es dann an Leuchtenberg weiter. Andreas schlug es auf und fand den Ausdruck einer E-Mail, die ein Würzburger Zahnarzt an Muslu geschickt hatte. Er bedankt sich für den Kelim, der ja schon museumsfähig sei. Und er werde auch im nächsten Jahr einen Kelim bei ihm kaufen.

Auf der nächsten Seite fand er den Eintrag eines Frankfurter Soziologieprofessors, der sich überschwänglich für ein faires Geschäft bedankte. Leuchtenberg klappte das Buch zu.

»Ich nehme Ihren Kelim in Zahlung, wenn Sie einen richtigen bei mir kaufen«, sagte er zu dem Ehepaar.

Das Gesicht des Düsseldorfer entspannte sich. Seine Frau runzelte noch immer die Stirn.

Bekir Muslu sagte: »Die Kelims, die ich verkaufe, verlieren nicht an Wert. Deshalb kann ich es Ihnen schriftlich geben: Ich nehme jeden Kelim, den ich verkauft habe, jederzeit wieder zurück zum selben Preis.«

Nun schien auch die Frau des Düsseldorfers zufrieden. Ihre Miene drückte aus, dass sie vielleicht doch noch mit einer guten Ware, die sie in Düsseldorf vorzeigen konnten, aus dem Basar kommen würden.

»Schauen Sie hier«, sagte Bekir Muslu und zeigte auf einen Kelim, der an der Wand hing.

»Sehen Sie: Diese Kelims sind mit Naturfarben getränkt. Der Unterschied zu den modernen Industriefarben, die sich seit den fünfziger Jahren des 19. Jahrhunderts auch im Orient und in anderen Kulturen schnell verbreiteten, liegt auf der Hand: Synthetische Farben lassen die Textilien, die mit ihnen bearbeitet werden, oft hart und metallisch erscheinen, wenn sie neu sind. Und später wirken sie stumpf und tot. Naturfarben dagegen verblassen kaum. Sie bilden vielmehr eine Alterspatina, die wir ja alle zum Beispiel an den Gemälden der alten Meister in Europa schätzen.«

Die Düsseldorferin setzte sich in einen Sessel. Ein Junge, kaum älter als zwölf, betrat den Laden und stellte neben ihr eine Schale mit Oliven und Brot ab. Ihr Mann trat hinter sie und legte eine Hand auf ihre Schulter.

Bekir Muslu wies auf einen anderen Kelim, der an der Wand hing.

Er sagte: »Sehen Sie, bei den Naturfarben ist die Uneinheitlichkeit des Färberesultats wichtig: Die Farben auf den einzelnen Fäden beziehungsweise Fasern differenzieren ein wenig.«

Er bewegte den Teppich leicht hin und her.

Er fuhr fort: »Das Blau ist bei diesem Faden heller, hier ist es eine Nuance dunkler und dort geht es sogar ins Schwärzliche über. Diese Modulationen führen zu einer ›Bewegung‹, wir sehen in den Farben ein ›Vibrieren‹, das mit der Gleichmacherei der synthetischen Materialien niemals zu erreichen wäre.«

Muslu sah sich um. Er war sich nun der Aufmerksamkeit des Düsseldorfer Ehepaares sicher. Unter einem Stapel zog er einen anderen Kelim hervor.

Er sagte: »Dieser stammt aus dem östlichen Kappadokien, Zentralanatolien. Hergestellt um 1800. Achten Sie auf das direkte Aneinanderstoßen der Farbflächen im oberen Bereich dieses besonderen Stückes ...«

Leuchtenberg nahm die Tüte mit den Schals für Ute und stieg die Treppe hinauf. Er schloss leise die Ausgangstür hinter sich und verließ das Gelände des weitläufigen Großen Basars.

Muslu hat die Hand schon weit im Rachen des Löwen stecken, dachte er und winkte einem Taxi.

Da spüre ich großes Problem

Der große Saal des Hotels war immer noch erfüllt vom Lärm der Hämmer und Sägen. Die Treppe schien fertig zu sein, die Arbeiter bauten nun an einem Podest. Ein baumlanger Kerl mit geschwungenem Schnurrbart gab Leuchtenberg ein Zeichen. Leuchtenberg begriff zunächst nicht, aber dann sah er, der Mann deutete mit dem Zeigefinger auf den Seitenraum und lachte.

Er sah um die Ecke in Ozelms Arbeitszimmer. Ozlem Yildirim saß an ihrem Arbeitstisch, allein, über eine Zeichnung gebeugt.

Als sie ihn sah, winkte sie ihm zu.

»Gehen Sie heute Abend etwas trinken mit mir?«, rief sie ihm zu.

Leuchtenberg freute sich. Er nickte.

»Um zehn. Wie gestern!«, rief sie.

Er nickte noch einmal, und sie wandte sich wieder der Zeichnung zu.

Als er an der Rezeption vorbeiging, verließ der Portier seine Loge und lief hinter ihm her. Ein Fax sei für ihn eingetroffen, sagte der Mann und übergab ihm einen Umschlag.

In seinem Zimmer angekommen, stellte er die Tüte mit den Kaschmirschals für Ute auf den Tisch. Dann öffnete er den Umschlag. Das Fax war handschriftlich verfasst worden. Ilses Handschrift.

»Ich finde es das Letzte, dass du ihr nachgefahren bist. Ich ertrage das alles nicht mehr. Ich werde mich scheiden lassen. Ilse.«

Sein erster Gedanke war: Hat sie Ute schon davon erzählt? Wie wird das Kind reagiert haben? Was machen wir mit der Wohnung? Merkwürdig, dass ich so ruhig bleibe. In seinem Inneren registrierte er keine Aufregung, eher eine ruhige Zustimmung zu Ilses Ankündigung.

Er legte das Fax in den Schrank auf die beiden noch frischen Hemden und legte sich aufs Bett.

Es war Nachmittag, er war müde, seine Füße schmerzten, aber er konnte nicht schlafen.

Ich verliere meine Frau, dachte er, und wenn ich zurückkomme, verliere ich wahrscheinlich auch meinen Job an ein Computerprogramm.

Er konnte sich immer noch nicht vorstellen, dass ein Verkäufer ohne genaue Kenntnisse der Materie ein solch komplexes Gebilde innerhalb einer Stunde berechnen konnte. Andererseits hatte er mit eigenen Augen gesehen, wie Eduard Brauner, einer der größten Schaumschläger unter den Verkäufern, das Programm bediente und die Software ihm jeweils die richtigen Einzelteile vorschlug.

Was würde aus ihm werden, wenn er diese Reise beendet hatte? Er wusste es nicht, aber er wusste, dass er nun anfing zu grübeln, und wenn er damit einmal angefangen hatte, würde er seine Gedanken nicht mehr so schnell abstellen können.

Warum kann ich nicht einfach eine Stunde schlafen, dachte er. Warum suchten sie sich ausgerechnet Eduard Brauner für die Präsentation aus? Weil sie zeigen wollten, auch der dümmste Verkäufer kann damit umgehen? Oder weil sie ihn auf ihre Seite gezogen hatten?

Sollte er Ilse antworten? Sollte er Eduard Brauner anrufen und mit ihm sprechen? Leuchtenberg richtete sich auf. Er würde nicht einschlafen.

Plötzlich fiel ihm eine von Sehins Erzählungen wieder ein.

»Wenn ich in Istanbul bin und zu große Sehnsucht nach dir habe oder wenn ich zu sehr wünsche, dass Mama wieder zu uns nach Deutschland kommt, dann gehe ich in den Hamam. Die wirbeln mich so durcheinander, dass ich für einige Zeit alle Sorgen vergesse und ganz ruhig werde.«

Das sollte er auch versuchen.

An der Rezeption erkundigte er sich nach einem Hamam. Der Mann überlegte einen Augenblick und schrieb ihm dann eine Adresse auf einen Zettel.

»Diese Adresse kennt jeder Taxifahrer«, sagte er.

*

Der Fahrer bracht ihn in die Istanbuler Altstadt auf der anderen Seite des Goldenen Horns. Neun Millionen verlangte der Fahrer und deutete auf das Taxameter. Nach Leuchtenbergs Ortsgefühl mussten sie in der Nähe der Blauen Moschee sein.

Der Kerl ist einen gewaltigen Umweg gefahren, dachte er, aber er wollte keinen Streit, da er sich nicht sicher war. Und so zahlte er. Das Geld liegt im Bauch des Touristen, dachte er und stieg aus.

Zum Hamam musste er eine Treppe hinabsteigen. Er sah zwei Eingänge und einen verglasten Kasten, in dem einige Zeitungsartikel hingen. Er trat näher und las einen Pressebericht. Jennifer Lopez hatte vor zwei Jahren diesen Hamam besucht, und Harrison Ford war auch schon hier gewesen.

Er sah sich um.

›Erkeler‹ stand über der ersten Tür und kleiner darunter

in Englisch ›Men‹. Über dem Fraueneingang las er ›Kadinlar‹. Er blieb unschlüssig vor der Tür stehen und spürte, wie ihn der Mut wieder verließ. Er wandte sich der Treppe zu und ging zwei Schritte hinauf.

»Treten Sie nur ein. Sie werden es nicht bereuen«, sagte eine Stimme hinter ihm.

Jetzt erkennen sie sogar schon an meiner Hinterseite, dass ich Deutscher bin, dachte er und drehte sich um.

An der Tür mit der Aufschrift ›Erkeler‹ stand nun ein kräftiger Mann, mit einem deutlichen Bauch und pechschwarzen, zurückgekämmten Haaren und rauchte eine Zigarette. Er winkte ihm zu.

»Kommen Sie nur«, wiederholte der Mann und Leuchtenberg betrat neben dem Unbekannten, der seinen Glimmstängel auf dem Boden austrat, den Hamam.

»Sind Sie zum ersten Mal in einem Hamam?«

Leuchtenberg nickte.

»Kommen Sie mit«, sagte der Mann.

Er führte ihn in einen kleineren Raum, in dem Leuchtenberg mehrere Reihen Umkleidekabinen sah.

»Nehmen Sie das«, der Mann öffnete einen Schrank und reichte ihm zwei rotweiß gestreifte Badetücher sowie ein Paar Badeschuhe.

»Wickeln Sie ein Pestemal um«, sagte der Mann, und dann erklärte er Leuchtenberg, was ihn in den nächsten beiden Stunden erwartete.

Andreas Leuchtenberg ließ seine Kleider in der abschließbaren Umkleidekabine zurück und betrat den nächsten Raum. Hier herrschte bereits eine trockene Hitze. Er sah Waschgelegenheiten, Toiletten, und an einem der Becken rasierte sich ein anderer Hamam-Besucher, mit dem gleichen rot-weiß gestreiften Pestemal bekleidet, das sich auch

Leuchtenberg umgebunden hatte. Ein dritter Mann trat ein und begann, sich den Oberkörper zu waschen. Leuchtenberg tat es ihm nach.

Danach trat er durch ein hölzernes Tor in den Hauptraum des Hamam, den Hararet. Der Raum war groß, rund, und in der Wand waren mehrere Nischen eingelassen. In zweien dieser Einfassungen sah er zwei Gäste, die von Masseuren abgeschrubbt wurden.

Die Mitte des Raumes beherrschte ein großer sechseckiger hellblauer Marmorblock, in dem Intarsien aus dunklem Marmor eingearbeitet waren. Dies, so hatte ihm der türkische Mann erklärt, sei der ›Bauchstein‹, auf dem der Masseur seine Arbeit verrichte.

Das Besondere aber war die Kuppel, die sich über dem Baderaum wölbte. Obwohl sie sternförmige Lichtöffnungen aufwies, tauchte sie doch den Raum in ein eigentümliches Dämmerlicht, dem sich auch die gedämpften Geräusche im Hamam anpassten. Das Wasser plätscherte, die Männer in den Nischen murmelten mit den beiden Masseuren. Es roch nach Seife, Schwaden von Wasserdampf zogen durch den Raum, und Leuchtenberg kam sich vor wie in einem alten Agentenfilm.

Scheinbar aus dem Nichts auftauchend stand plötzlich der Mann wieder vor ihm, der ihm an der Eingangstür begegnet war.

»Kommen Sie.« Er führte Andreas in eine der freien Nischen. Leuchtenberg sah, der Mann trug an der rechten Hand einen grob gewirkten Handschuh, ähnlich wie ihn das Reformhaus in seiner Heimatstadt verkaufte.

Andreas ließ sich in einer Nische auf einen Steinhocker nieder und spürte, wie ihn zwei Hände packten und einseiften. Zunächst empfand er diese Berührung als unangenehm, aber dann überließ er sich den Pranken des Mannes.

Schließlich führte ihn der Masseur zu dem Marmorblock. Leuchtenberg streckte sich auf dem Stein aus und stellte zu seiner Überraschung fest, dass dieser von innen geheizt war und eine wohlige Wärme verströmte.

Die Massage war eine Tortur.

Der Mann griff mit beiden Händen in seine Schulterblätter und drückte zu. Leuchtenberg schrie auf, der Schmerz zuckte wie ein Nervenblitz durch seine Rückenmuskulatur. Der Riese drückte erneut zu, und Leuchtenberg bäumte sich auf.

»Da spüre ich großes Problem«, sagte der Masseur, und Leuchtenberg schien es, als würden seine Daumen wie Messer in seinen Rücken fahren. Er wollte hier so schnell wie möglich raus. Doch der Mann hatte mit Daumen und Zeigefinger seinen obersten Halswirbel gepackt, rieb und massierte ihn, griff den nächsten, tat hier dasselbe. Das gefiel Andreas Leuchtenberg. Vorsichtig entspannte er sich. Wirbel für Wirbel arbeitete sich der Mann weiter.

Dann zerrte der Mann ihn an den Armen, zerrte an den Beinen, und Leuchtenberg konnte nur mit Mühe einen Schmerzensschrei unterdrücken. Der Masseur schlug mit den Handkanten auf ihn ein, und als er Leuchtenbergs Kopf ruckartig nach rechts und links riss, brüllte dieser so laut er konnte. Der Mann ließ tatsächlich sofort los, und Leuchtenberg war überzeugt, dass ihm sein Schrei das Leben gerettet hatte.

Jedoch: Immer wenn der Masseur seine Schultern bearbeitete, schüttelte er den Kopf.

»Große Probleme spüre ich«, brummelte er. Und Leuchtenberg dachte: Er hat Recht.

Nach einer Stunde Marter brachte man ihn in einen Ruheraum. Ein anderer Mann trocknete ihn ab, wickelte ihn in frische Badetücher, brachte ihm ein Glas leicht gesüßten Tees und ließ ihn dann allein.

Seine Glieder fühlten sich schwer an, als habe sich ihr Gewicht verdreifacht, aber es war ein gutes Gefühl, wie neugeboren. Andreas überlegte, ob dies von der Erleichterung kam, die Tortur überstanden zu haben, oder ob das türkische Bad genau das war, was er dringend gebraucht hatte. Arme, Beine, Rumpf ruhten schwer, doch seine Seele wog leicht.

Während er dalag, kam ihm ein Bild von Ingres in den Sinn, das Sehin ihm einmal gezeigt hatte: eine Ansammlung üppiger, nackter Frauen im Bad. Eine sitzende Frau, deren nackter Rücken dem Betrachter zugewandt ist, spielt die Laute, und um sie herum drängten sich zahllose andere. Im Vordergrund verschränkt eine Nackte die Arme hinter dem Kopf und streckt sich, während daneben eine Frau eine andere in den Arm nimmt und dabei ihre rechte Brust in der Hand wiegt. Eine weitere Nackte tanzt zu der Lautenmusik.

»Guck mal, Andreas, das ist das türkische Paradies«, hatte sie kichernd zu ihm gesagt, und er hatte diese Szene und deren erotische Stimmung nie vergessen.

*

Er wusste nicht, warum er, auf der Liege des Hamam ruhend, ausgerechnet an seine Abiturfeier dachte. Sie hatte in der Turnhalle der Schule stattgefunden, und Leuchtenberg erinnerte sich, wie stolz der Rektor Sehin die Urkunde überreichte. Und sie bekam sogar eine Belobigung und damit eine Buchprämie. Das Schiller-Gymnasium war die erste Schule der Stadt, die ein türkisches Mädchen zum Abitur gebracht hatte, und das sicherte die Aufmerksamkeit in der Presse und beim Oberschulamt. Die Lehrer standen anschließend Schlange, um Sehin zu gratulieren. Sogar der Mathelehrer, der sie in den ersten Klassen unterrichtet und der gedroht hatte, das »Türkenmädle« würde spätestens nach zwei Jahren aufgeben, stand in der Reihe der Gratulanten. Sehin ignorierte ihn souverän. Er streckte seine Hand aus, und sie ragte ins Nichts. Sehin wandte sich dem nächsten Lehrer zu, der ihre Klasse in Biologie unterwiesen hatte. Der Mathelehrer zog ab, und seine Schultern hingen noch mehr als sonst.

Sehins Mutter war aus Istanbul angereist, und die Nachbarinnen begrüßten Frau Kaya freundlich. Sie wollte nur ein paar Tage bleiben, und ausgerechnet Jochens Mutter lud sie zum ersten Mal zu einem Kaffeekränzchen ein, das die Frauen der Unteren Bahnhofstraße wegen ihrer Abreise um einen Tag vorverlegten. Keine der Frauen konnte sich erinnern, dass ihre Kaffeerunde jemals dienstags stattgefunden hatte.

»Ich habe eine Lehrstelle als Schneiderin gefunden«, hatte Sehin zu ihm auf dem Rückweg von der Turnhalle gesagt.

Andreas blieb abrupt stehen.

Sie gingen in einer Gruppe, bestehend aus seinen, Sehins, Jochens und Ilses Eltern, auch Fred und Ilse waren gekommen und liefen neben ihnen her. Ilse folgte, und durch sein plötzliches Stehenbleiben stolperte sie auf ihn.

Schnell umarmte sie ihn und gab ihm einen Kuss auf die Wange.

Jochen machte eine anzügliche Bemerkung, und Vater

Leuchtenberg sagte, da sehe man, die unschuldigen Kindertage seien nun vorbei. Sehin verdrehte die Augen gegen den Himmel.

Andreas schloss zu Sehin auf.

»Dafür hast du dich nicht durch das Abitur quälen müssen«, sagte er leise zu ihr.

Sie zuckte mit den Schultern.

Später lagen sie in ihrem Versteck.

»Wenn man die Hochschulreife hat, geht man auch auf eine Hochschule«, redete er ihr zu.

»Ich will Mode machen«, sagte sie.

Leuchtenberg wollte Betriebswirtschaft studieren. Dieses Fach garantierte ihm den größtmöglichen Abstand zu dem, was er in der Unteren Bahnhofstraße zu erwarten hatte.

Sehins Berufswunsch schien ihm widersinnig.

»Die vornehmen Leute schicken doch ihre Kinder deshalb auf die höheren Schulen, damit sie sich später nicht so ruinieren wie unsere Eltern«, sagte er zu ihr, »wir können hier raus.«

»Ich kann hier immer raus«, sagte sie, »vergiss das nicht. Ich kann jederzeit nach Istanbul. Zu meiner Mutter. Ich sitze nicht in der Unteren Bahnhofstraße fest. Und ich will Mode machen. Das ist mein Ding. Das Abitur wird dabei wohl kaum schaden.«

Sehin stieß ihn leicht in die Rippen: »Und Andreas, was ist dein Ding? Was willst du machen, wirklich gerne machen?«

Andreas dachte nach.

»Möchten Sie noch einen Tee?«, fragte ihn jemand.

Leuchtenberg tauchte aus seinen Erinnerungen auf. Nein. Er schüttelte den Kopf.

Was ist mein Ding, dachte er. Und ihm fiel wieder die Frage auf, die er in der Bar des Pera Palas hatte notieren wollen: Wer bin ich? Sehin hatte genau das gemacht, was sie gerne wollte. Und er?

Er stieg benommen von der Liege, trat durch die zweite Tür des Ruheraums. Nun stand er wieder im Umkleideraum. Er ging zurück in seine Kabine und zog seine Jeans an und das blaue Hemd, seine Socken und die Slipper.

Als er aus der Kabine kam, stand sein Masseur vor ihm.

Er reichte ihm die Hand.

»Ich hoffe, Sie werden wiederkommen.«

Würde er je wieder nach Istanbul kommen?

Leuchtenberg griff zu seinem Geldbeutel, gab dem Masseur 10 Millionen und trat durch die Tür hinaus ins Freie.

Dunkelheit beherrschte die Straßen, aber es war immer noch warm. Leuchtenberg fühlte sich leicht, aber durch sein Hirn jagten viele Fragen. Er sah sich nach einem Taxi um.

Nachts in Pera

»Später studierte ich Betriebswirtschaft in Mannheim«, sagte er einige Stunden später zu Ozlem Yildirim.

Sie schlenderten zum Galataturm und wählten ein spanisches Restaurant, das sie unterhalb des Turmes entdeckten. Im Erdgeschoss stand eine Bar mit einem Regal voller Tapas. Die Tische des Restaurants befanden sich im 1. Stock. Hier war eine kleine Bühne aufgebaut, auf der drei Mikrophonstative standen und ein quadratischer Hocker.

Sie aßen Schinkenstücke mit Pfefferschoten, Garnelen mit Knoblauch und Petersilie, gebratene Hühnerleber, sauer eingelegten Blumenkohl und Muscheln, die ihnen eine junge Frau auf kleinen weißen Tellern servierte. Sie komme aus Madrid und lebe nun schon acht Jahre in Istanbul, erzählte sie ihnen, und als Andreas sie nach dem Grund des Ortswechsels fragte, deutete sie auf den attraktiven jungen Mann, der unterhalb der Treppe gerade ein Bier zapfte. Sie reichte Leuchtenberg die Weinkarte, und er entdeckte einen Gran Reserva Ribera del Duero aus Valladolid, einen 1995er, den historischen Jahrgang.

Ein junger Mann mit Gitarre betrat die Bühne. Drei Frauen in andalusischer Tracht folgten ihm. Der Mann schlug einige Akkorde an, drehte sich das Mikro zurecht und spielte einen fröhlichen Bulerias. Die erste der Frauen sprang in die Mitte, hob die Arme zu einem Bogen und begann zu tanzen. Nach einigen Minuten trat sie zu den anderen Frauen zurück, und die nächste Tänzerin trat nach vorne. Ihre Absätze stampften im Rhythmus. Während bei dem spanischen Flamenco die Hüfte ruht, fast unbewegt bleibt, führte sie bei dieser Tänzerin ein reges Eigenleben, sodass ihre Darbietung zu einer eigenartigen Mischung aus Flamenco und Bauchtanz geriet.

»Und Sehin begann ihre Schneiderlehre«, sagte er, »wir sahen uns nur am Wochenende.«

Da Ozlem Yildirim schwieg und ihm zuhörte, fuhr er fort.

»Ihre Berufswahl konnte ich nie verstehen. Ich dachte, die Mühen des Gymnasiums müssten belohnt werden durch ein Studium, und Betriebswirtschaft schien mir so etwas ... Vornehmes zu sein. Alle in der Straße sagten: Ja, der Andreas studiert jetzt Betriebswirtschaft, und dieses Wort klang so ... bedeutend. Mein Vater war stolz, meine Mutter war stolz »

»Und Sehin nicht?«

»Am Anfang wollte ich sie beeindrucken. Ich brachte ihr die Bibel der Betriebswirtschafter mit, den Großen Wöhe. Günter Wöhe, Einführung in die Allgemeine Betriebswirtschaftslehre, ein Kompendium des Faches. In unzähligen Auflagen immer wieder neu gedruckt. Über den Aufbau eines Betriebes, Produktion und Absatz, Investition und Finanzierung, Rechnungswesen – was ein Betriebswirt eben so wissen muss oder soll. Über 1000 Seiten. Das brachte ich ihr mit. Und Sehin las das Buch. Sie behielt es fünf Wochen lang. Ich wollte es nicht von ihr zurückfordern. Lieh mir in der Bibliothek ein neues Exemplar aus.«

Die Flamencokünstler verbeugten sich und kündigten auf Türkisch und Englisch an, sie würden nun eine Pause machen.

Leuchtenberg und Ozlem Yildirim applaudierten.

»Und dann?«, fragte Ozlem Yildirim.

»Dann gab sie es zurück. Sie hatte es gelesen. Ich sah es an den Gebrauchsspuren. Sie hatte die 1000 Seiten gelesen. Das macht nicht einmal der größte Streber im Semester. Andreas, sagte sie zu mir, hier hast du das Buch zurück, und sah auf den Boden. Und, fragte ich. Verlegen sah sie mich an, als wüsste sie nicht, wie sie es mir beibringen sollte. Das ist ja so ein superlangweiliges Zeug, mit dem du dich beschäftigst, sagte sie und strich mir mit der Hand über die Wange, als sei ich krank.«

»Und *ihre* Arbeit? Wie fanden Sie ihre Arbeit?«

»Sie zeigte mir immer, was sie neu lernte. Ihre neusten Zuschnitte. Aber ich fand das irgendwie nicht passend. Nicht passend für jemand, der unter solchen Mühen das Abitur erworben hatte. An diesem Punkt verstanden wir uns nicht.«

»Und so wurden Sie Betriebswirt und Sehin Schneiderin.«

»Sie sagte, es sei ihr Ding. Ich wurde Betriebswirt, weil es irgendwie mit Aufstieg zusammenhing.«

Sie schwiegen.

Der Gitarrist betrat wieder die Bühne.

»Wir wechseln das Lokal«, sagte Ozlem Yildirim, »gehen Sie mit mir in eine illegale Kneipe?«

»Eine illegale Kneipe?«

»Ja.« Sie nickte ungeduldig. »Was glauben Sie, wie viele Lokale es in Beyoğlu gibt! Bestimmt ein Drittel davon besitzt keine Lizenz. Kommen Sie.«

Sie stand auf und zog ihn an der Hand die Treppe hinunter.

*

Wenig später liefen sie über die İstiklâl Caddesi. Irgendwann bog Ozlem Yildirim nach links ab. Nach Leuchtenbergs Erinnerung musste hier die Gegend mit den Friseuren und den Bordellen sein, aber er war sich nicht sicher. Sie zog ihn weiter durch die dunklen Gassen.

Schließlich wandte sie sich nach rechts und steuerte auf einen offenen Hauseingang zu. Aus der Tür drang grünes Licht.

»Kommen Sie«, flüsterte sie ihm zu und betrat das Haus.

Sie standen plötzlich vor einem Mann. Er erschien aus dem Nichts. Klein und gedrungen. Kräftig. Obwohl es nahezu dunkel war, trug er eine starke Sonnenbrille. Angeklatschte, fettige Haare, die sich im Genick rollten. Blauer Anzug. Schwarzes Shirt. Ohren wie Blumenkohl.

Ohren wie Blumenkohl? Solche Ohren kannte er. Sehins Vater hatte solche Ohren.

Ringerohren.

Solche Ohren entstehen, wenn Kopf und Ohr auf eine Ringermatte gedrückt und dann hin und her gezogen werden – oft hin und her gezogen werden.

Eine kaum merkliche Bewegung mit der Hand. Der Mann gab den Weg frei.

Ozlem Yildirim und Leuchtenberg stiegen eine schmale Treppe hinunter. Es roch nach feuchtem Mörtel.

Sie traten durch eine Holztür in einen schmalen, aber sich lang streckenden Raum. An der rechten Seite drängten sich kleine Tische und Stühle, an denen junge Leute Raki tranken. Andere standen mit einem Glas in der Hand an der Wand und unterhielten sich. Nach einigen Schritten öffnete sich der Raum und gab den Blick frei auf eine grün illuminierte Bar.

Hinter der Bar stand eine Gestalt, deren Geschlecht Leuchtenberg nicht eindeutig feststellen konnte. Die Augenbrauen waren ausrasiert und schwangen sich wie feine Pinselstriche über die Augenbogen. Die nackten Oberarme steckten in einem weißen Samt-T-Shirt und waren tätowiert wie bei einem Seemann.

An der Wand neben der Theke ragte ein Mosaik aus roten und silbern glänzenden Steinen bis unter die Decke. Es dauerte eine Weile, bis Leuchtenberg das Motiv erkannte: Das Mosaik stellte einen Stierkopf dar, der mit klugen, fast gütigen Augen das Publikum betrachtete.

Schräge Musik, dachte er. Er hörte einen Countertenor eine barocke Melodie singen, die von Händel hätte sein können, aber sie war mit Rap-Loops unterlegt. Händel, Rap und die über allem schwebende Stimme des Countertenors ergaben zusammen ein Gemisch, das Andreas sofort stark berührte. Musik wie eine Droge, dachte er und blieb einen Augenblick stehen, um zuzuhören. Dergleichen hatte er noch nie vernommen.

Ozlem Yildirim zog ihn weiter zur Bar.

Sie setzten sich auf zwei Barhocker.

»Eine Kneipe wie aus einem Film von Almodóvar«, sagte er zu ihr.

»Und das ist das Beste«, sagte sie und wies auf einen jungen Mann, der nun hinter die Bar trat.

Er trug einen dunkelgrünen Samtanzug und ein schwarzes T-Shirt. Er war nicht groß, aber schmal, fast zierlich. Aufgeworfene Lippen gaben seinem Gesicht einen Ausdruck von Laster und Verworfenheit, der jedoch durch zwei strahlend blaue Augen fast korrigiert wurde. Um seine Lippen spielte ein spöttisches Lächeln.

Er sprach mit Ozlem Yildirim auf Türkisch.

»Ich habe uns zwei Drinks bestellt – Wodka mit irgendwas«, sagte sie.

Dann flüsternd: »Sieht er nicht aus wie Nurejew? Er ist der lebendige Zeitgeist – und das hinter dieser Bar.«

Der Zeitgeist stand mit dem Rücken zu ihnen und mixte ihre Drinks.

»Diese Bar ist der Höhepunkt seines Lebens«, sagte sie, »er ist jeden Abend hier und lebt nur dafür. Er wird eingeladen, kommt kostenlos auf die besten Partys, aber am nächsten Tag steht er pünktlich wieder hinter der Bar und lässt sich anbeten. Er macht wenig für sich. Malt ein bisschen, aber wenig und schon deshalb schlecht. Diese Zeit ist das Beste, was das Leben ihm bieten wird – er weiß es nur noch nicht. In ein paar Jahren, wenn seine Schönheit abklingt, verschwindet er im Orkus von Pera, wie viele andere vor ihm. Aber jetzt ist seine Zeit.«

Der türkische Nurejew stellte die beiden Drinks vor ihnen ab. Er lächelte Leuchtenberg zu.

»Sie gefallen ihm besser als ich«, sagte sie.

»Kann ich nicht verstehen«, sagte Leuchtenberg. Dann wies er auf einen frei gewordenen Tisch an der Wand.

»Wollen wir uns dort hinsetzen? Etwas abseits vom großen Tänzer.«

Zu seiner Erleichterung nickte sie. Sie nahmen ihre Gläser und trugen sie zu dem Tisch hinüber.

*

»Sind Sie schon lange in Istanbul?«, fragte er sie.

»Nein. Ich empfange hier nur die Vertreter unserer Firma im Pera Palas und manage die Modenschau. Dann geht es zurück ins Stammhaus nach Izmir.«

Sie zögerte einen Augenblick.

»Zuvor reiste ich nach Diyarbakir. Wegen einer Beerdigung«, sagte sie.

»Oh, das tut mir Leid. Jemand aus der Familie?«

Sie zögerte: »Nein, jemand, den ich nie gesehen habe.«

Leuchtenberg sah sie verdutzt an.

Sie schwieg, schien nachzudenken, und eine unbehagliche Stille legte sich über ihren Tisch, die auch von dem Countertenor aus den Boxen nicht durchbrochen werden konnte.

»Es geht mich natürlich nichts an«, sagte Leuchtenberg schließlich.

»Wissen Sie, wo Diyarbakir liegt?«, fragte sie.

Sie beugte sich zu ihm über den Tisch: »Diyarbakir ist eine türkisch-kurdische Metropole, liegt auf dem Weg zur syrischen Grenze. Wir haben dort eine gesteinigte Frau begraben.«

Leuchtenberg sah sie an, wollte etwas sagen und konnte nicht sprechen.

»Sehen Sie mich nicht mit solch großen Augen an«, sagte sie, »die Frau hieß Semsiye Allak und wurde in ihrem Ort gesteinigt – von ihrer Familie, und auch die Nachbarn machten mit.«

»Warum, um Gottes willen?«, fragte Leuchtenberg atemlos.

»Sie war schwanger, sie wurde unverheiratet schwanger. Denn sie war vergewaltigt worden. Vergewaltigt von einem verheirateten Mann, der bereits zehn Kinder gezeugt hatte.«

Die Musik wechselte. Aus den Lautsprechern strömte ein gesampelter James Brown. *»It's a man's, man's world«*, sang er, aber Leuchtenberg hörte nicht hin.

Ozlem Yildirim saß vor ihm und drehte das Wodkaglas in ihrer Rechten. Sie starte auf die wirbelnde Flüssigkeit.

Sie sagte: »Ich arbeite in einer Initiative, die möglichst viele Frauen vor dem Grauen so genannter Ehrenmorde zu retten versucht.«

»Ehrenmorde?«

Sie sah ihm in die Augen.

»Wir bauen Häuser für Frauen in Todesangst. Im Südosten der Türkei. In Batman, in Bingöl, in Kiziltepe gibt es bereits solche Häuser. In Urfa und Hakkari werden sie bald eingeweiht. Auch in Mardin ist eines geplant.« Sie schwieg einen Augenblick.

Dann sagte sie: »In der Nähe von Mardin lebte Semsiye Allak. Vielleicht würde sie noch leben, wenn wir dort schon eins unserer Häuser hätten.«

»You see man made the cars, to take us over the road.«

Leuchtenberg hätte gerne Ozlems Hand genommen. Aber er wagte es nicht.

»Was, um Gottes willen, sind Ehrenmorde?«

»Es hat nichts mit dem Islam zu tun«, sagte Ozlem Yildirim, »in manchen islamischen Ländern sind die Ehrenmorde unbekannt. Es ist eine barbarische, rückständige Tradition. Die Frau zerstört die Ehre einer Familie, in dem sie ihre Jungfräulichkeit verliert – und sei es dadurch, dass sie Opfer einer Vergewaltigung wird. Die Ehre des Mannes ist abhängig vom Verhalten der Frau, als habe diese keine eigene Ehre. Es kommt vor, dass eine ›ehrlose‹ Familie aus der Dorfgemeinschaft ausgestoßen ist, wenn sie ihre Ehre nicht wiederherstellt. Und dies bedeutet das Todesurteil für die betroffene Frau.«

Sie trank einen Schluck.

»Semsiye Allak«, fuhr sie fort, »hat nie eine Schule besucht. Sie konnte nicht lesen. Sie war unverheiratet. Sie lebte bei ihrer Familie. Und sie musste sterben, weil sie vergewaltigt wurde.«

»*Man made the bullet for the war, like Noah made the ark.*«

Leuchtenberg sah, wie die Augen von Ozlem langsam feucht wurden. Er wollte sie trösten, aber wusste nicht wie.

»Nach der Steinigung wollte niemand aus der Familie ihren toten, geschundenen Körper anfassen. Zehn fremde Frauen trugen ihren Sarg. Das ist hierzulande noch ein sehr gewöhnungsbedürftiges Bild. Aber wir konnten sie nicht in ihrem Heimatort begraben, in dem sie 35 Jahre lang lebte. Wir begruben sie 100 Kilometer von ihrem Heimatdorf entfernt in einem Grab, das aussah wie das einer Selbstmörderin. Aber es folgten Tausende dem Sarg, Frauen, aber auch viele Männer.«

Eine Träne lief über ihre Wange.

Plötzlich richtete sie sich auf, drückte mit einer schnellen Handbewegung eine Strähne hinter ihr Ohr und sah Leuchtenberg ins Gesicht.

»Ich weiß genau, was Sie jetzt denken«, sagte sie. »Sie denken: Was ist die Türkei für ein barbarisches Land. Stimmt's?«

»Nein, das denke ich nicht«, sagte er leise. »Was für eine wunderbare Frau ich kennen gelernt habe – das denke ich gerade.«

Sie schien es nicht gehört zu haben.

»Diese Barbarei hat natürlich auch ihre ökonomische Entsprechung. In diesem Fall ist es das Brautgeld. Jeder Mann muss für seine Frau ein Brautgeld zahlen. Deshalb ist es für die Familien wichtig, dass die Jungfräulichkeit der

Tochter oder der Schwester intakt bleibt. Die ist im wahrsten Sinne des Wortes Geld wert. Ohne Jungfräulichkeit kein Brautgeld. Oft ist es hoch, und die jungen Männer können nicht genug zusammensparen. Dann arrangiert die Familie eine Ehe mit einem ungeliebten älteren, aber reicheren Mann.«

Sie sah ihn an.

»Ich weiß, wovon ich rede. Ganz Istanbul ist voll von heimlich geflohenen Paaren aus dem Osten.«

Ob sie auch geflohen ist, fragte er sich. Energisch genug war sie.

»Denken Sie nicht überheblich von uns«, sagte sie. »Diese Ehrenmorde sind strafbar in der Türkei und werden auch bestraft. Die Mörder von Semsiye Allak sitzen im Gefängnis.«

»He's lost in the wilderness, he's lost in the bitterness. He's lost, lost ...«

Sie schüttelte den Kopf.

»Es ist bei uns genauso verboten wie bei Ihnen das Anzünden von Asylantenheimen. Und wir beurteilen die Deutschen auch nicht nach den wenigen, die diese Verbrechen begehen.«

Trotzig warf sie den Kopf zurück

»Ich verstehe Sie gut«, sagte er leise. Und dann: »Lassen Sie uns gehen.«

Sie nickte, und er rief Nurejew, um zu zahlen.

Als sie draußen auf der Straße standen, kam sie ihm kleiner vor, und er hätte gerne den Arm um sie gelegt. Aber er wagte es nicht.

He's lost – James Brown sang noch immer in seinem Kopf.

Beim Barte des Propheten

An den Straßenlärm schien sich der Bewohner der Suite von *Mary, the former Queen of Roumania* gewöhnt zu haben. Trotzdem erwachte er bereits um sieben Uhr. Er staunte über seine gute Laune. Er hatte sich gestern Abend mit Ozlem zum Frühstück verabredet, und das wollte er nicht verpassen.

Er gönnte sich nicht mehr als eine Katzenwäsche, nur den Kopf steckte er unter die Dusche, shampoonierte seine Haare, fönte sie sorgfältig, bändigte sie mit Gel, zog ein frisches weißes Leinenhemd aus dem Schrank, wühlte aus dem Koffer ein Paar Slipper, wählte ein leichtes dunkles Sommerjackett und prüfte den Gesamteindruck vor dem Spiegel. Das Ergebnis stimmte ihn zufrieden.

Das Telefon klingelte.

Er nahm mit einer tänzerischen Bewegung ab: »Ja?«

»Bessel, Gehring Verpackungsmaschinen.«

»Guten Morgen, Helga. Ich habe Urlaub.«

»Ich weiß, ich weiß, entschuldige, aber ich habe den Auftrag vom Junior, dich aufzutreiben. Ich habe deine Frau angerufen, und die gab mir die Telefonnummer des Hotels.«

Sie stockte einen Augenblick.

»Hier geht es drunter und drüber, der Junior ist noch nicht in seinem Büro. Bitte ruf ihn heute noch an.«

»Was ist los?«

»Ich weiß auch nicht, aber ich glaube, es ist wichtig.«

Heute ist die Modenschau, dachte er. Heute werde ich mich auf keinen Fall melden.

Er versprach, den Juniorchef anzurufen, nahm sich aber sofort vor, sein Versprechen nicht zu halten, und legte auf.

Dann haben alle meine Sorgen doch noch den Weg nach Istanbul gefunden, dachte er und sah zum Fenster hinaus. Meine Frau lässt sich scheiden, und dieser Anruf leitet sicher die nächste Katastrophe ein.

Aber heute würde er Sehin sehen, und solange wollte er nichts von Katastrophen wissen.

Er würde nicht anrufen.

Scheiß drauf.

Langsam schritt er den Flur entlang, die Treppen hinunter zum Frühstückssaal. Als er ihn betrat, stand Ozlem Yildirim am Büfett und lud sich Käse, frische Tomaten und Gurken auf den Teller.

Sie sah ihn sofort und winkte.

Sie trug eine schwarze Hose mit einem ebenfalls schwarzen Ledergürtel, den ein auffälliger, ovaler Silberverschluss zierte, dazu ein enges schwarzes Männerhemd, dessen Ärmel sie hochgekrempelt hatte. Die oberen drei Knöpfe standen offen, und ihre Haut schmückte ein silbernes Medaillon. Die Haare trug sie offen, zum ersten Mal, seit er sie kennen gelernt hatte: eine braunrote Mähne, die ihr über die Schultern floss.

Sie deutete auf den Tisch, an dem sie sich zuvor niedergelassen hatte, und Leuchtenberg wurde es wieder leichter ums Herz. Er nahm sich ein Glas Tee aus dem Samowar, zwei Scheiben Brot, Butter und einige Scheiben Tomaten vom Büfett und balancierte alles zu ihrem Tisch. Sie beobachtete ihn, während er die erste Scheibe bestrich und mit den Tomatenscheiben belegte. Er nahm den ersten Bissen.

»Was halten Sie von Topkapı«, sagte sie, »von Smaragden, Diamanten und dem Harem? Ich war so lange nicht mehr dort. Begleiten Sie mich? Mögen Sie, ja?«

»Gerne. Haben Sie heute nichts mehr für die Modenschau zu tun?«

Sie schüttelte den Kopf.

»Ich will ein paar Stunden freimachen, sonst drehe ich durch. Zur Generalprobe muss ich wieder hier sein. Was zwischenzeitlich noch zu tun ist, erledigt die Agentur«, sagte sie. »Ich habe Ihnen einen Platz reserviert. Er ist zwar in der vorletzten Reihe, aber immerhin.«

»Danke.«

»Waren Sie schon einmal im Topkapı?«

Er schüttelte den Kopf.

Sie nahm einen Schluck Tee und beugte sich zu ihm. Ihre Augen glänzten.

»Sind Sie bereit für den Orient?«

Er lachte und nickte.

»Das Topkapı war das Herz des osmanischen Reiches. Gleich nach der Eroberung von Byzanz begann Mehmet der Zweite das Gebiet zu ummauern und zu bebauen. Sie dürfen aber keine großartigen Palastbauten erwarten wie in Wien oder in Potsdam. Es ist mehr eine Gartenanlage, alles großräumig angelegt, denn unsere Herrscher waren Söhne der Steppe, und die Verbindung zur Natur wollten sie nie abreißen lassen. Ursprünglich bauten sie sogar aus Holz. Erst als die Anlage mehrmals abbrannte, errichteten sie Steinbauten.«

»Schin erzählte mir, dass ein Haar aus dem Bart des Propheten dort zu sehen ist.«

Ozlem lachte.

Sie sagte: »Nicht nur ein Haar, sondern auch ein Zahn. Heute ist das Topkapı ein Museum, eines der größten und eindrucksvollsten der Welt. 70 Hektar groß und …«, sie lachte leise und flüsterte: »Da freut sich die Muslimin: Es ist doppelt so groß wie der Vatikanstaat der Christen in Rom.«

Leuchtenberg sah in ihre Augen, die vor Vergnügen glänzten, und er konnte kaum fassen, dass dies die gleiche Frau war, die mutig in Ostanatolien den Sarg der gesteinigten Semsiye Allak getragen hatte.

»Jetzt kommen Sie«, rief sie und sprang auf.

Sie nahm seine Hand und zog ihn aus dem Frühstücksraum. Ihm blieb gerade noch Zeit, sich mit einer schnellen Bewegung einige Krümel vom Mund abzuwischen.

*

Wieder gab es Streit im Taxi. Ozlem Yildirim schrie den Fahrer an, als dieser auf Türkisch den Fahrpreis genannt hatte, und redete schnell und laut auf ihn ein, dass er nicht zu Wort kam. Leuchtenberg kam es vor, der Mann würde sich langsam auf dem Fahrersitz zusammenkrümmen. Schließlich griff sie in ihre Handtasche und warf zwei Geldscheine auf den Beifahrersitz.

»Schnell raus«, sagte sie und öffnete die Tür.

Auch Leuchtenberg sprang aus dem Taxi.

»Das sind alles Gauner«, fluchte sie, »kaum haben sie einen Touristen im Wagen, wollen sie mit einer Fahrt die Miete für ein halbes Jahr rausholen.«

Sie knallte die Taxitür zu. Der Wagen stotterte beim Anfahren, als sei der Fahrer im zweiten Gang gestartet.

»Sieht man mir an, dass ich Deutscher bin?«, fragte er.

Sie blieb verdutzt stehen.

»Sicher«, sagte sie, »wieso fragen Sie?«

»Jedermann spricht mich auf Deutsch an. Ich komme

mir vor, als trüge ich ein Schild auf der Stirn: Ich bin ein Deutscher.«

Sie lachte.

Er sagte: »Sagen Sie mir: Woran erkennt man das?«

»Das ist ein türkisches Geheimnis. Wir sehen jedem sofort an, aus welchem Land er oder sie kommt.«

»Wollen Sie es mir nicht verraten?«

Sie schüttelte den Kopf und lachte: »Kommen Sie: Der Harem des Sultans wartet auf Sie.«

Er lachte: »Die Damen müssen dann aber mittlerweile ein biblisches Alter erreicht haben.«

»Sie sind in einer osmanischen Einrichtung, da gibt es nichts Biblisches, noch nicht einmal das Alter der Haremsdamen. Aber im Ernst: Um 1900, als sich alles auflöste, lebten hier mutterseelenallein tatsächlich einige alte Frauen – Haremsdamen.«

Sie näherten sich der Kasse, und Leuchtenberg löste zwei Tickets. Dann schlenderten sie auf ein Tor zu, das von zwei großen Türmen flankiert wurde, dessen wuchtige Zinnen er schon von Weitem gesehen hatte. Es hätte auch der Eingang zu einer deutschen Ritterburg sein können, wäre darüber nicht die arabische Schrift in goldenen Lettern auf grünem Grund gewesen.

»Sehen Sie den Brunnen, der dort in die Mauer eingelassen ist?«

Leuchtenberg nickte.

»Das ist der Henkersbrunnen. In diesem Brunnen säuberte der Henker Hände und Schwert, nachdem er seine blutige Arbeit verrichtet hatte«, flüsterte sie.

»Und hier«, sie zeigte auf die Türen innerhalb des Tores, »hier geht es zu den Verliesen. Dort unten saßen die zu Tode Verurteilten und warteten auf die Hinrichtung.«

Sie schüttelte sich und ging schnell durch das Tor.

Leuchtenberg folgte ihr und blieb erstaunt stehen. Zypressen und Platanen rahmten Wege und Wiesen. Der zweite Hof war eine gepflegte Grünanlage.

»Stellen Sie sich zahme Gazellen vor und Pfauen, die über diese Wiesen stolzierten«, sagte sie.

Sie fuhr fort: »Die ganze Anlage ist in vier Höfe gestaffelt. Den ersten Hof haben wir durchquert, und durch dieses Tor sind wir jetzt in den zweiten Hof gelangt. Hier arbeiteten früher die Beamten des Sultans und regierten das Reich. Außerdem befanden sich hier die Stallungen und die Küchen. Dort drüben«, sie wies nach links, »ist übrigens der Eingang zum Harem.«

Leuchtenberg wandte sich dorthin, aber sie zog ihn geradeaus. »Das kommt später.«

»Im dritten Hof«, sagte sie, »wurden die Beamten des Reiches ausgebildet, und im vierten Hof ist«, sie rollte bedeutungsvoll mit den Augen, »der Harem.«

Sie zeigte ihm das Kubbe Altı, den Ratssaal unter einer wunderschönen Kuppel.

»Hier tagte der Diwan«, sagte sie, »so nannte man den Staatsrat. Geleitet wurde er von dem Großwesir, eine Art Kanzler des Reichs. Sehen sie das vergitterte Fenster dort oben?«

Leuchtenberg nickte.

»Dort«, sagte sie, »konnte der Sultan die Sitzungen beobachten, ohne dass es jemand bemerkte.«

In diesem Augenblick klingelte sein Handy.

Er machte eine entschuldigende Handbewegung zu Ozlem Yildirim und trat einige Schritte zur Seite.

Er sah auf das Display, der Anruf kam aus der Firma; wahrscheinlich war es wieder Helga Bessel.

Er meldete sich ärgerlich.

»Leuchtenberg, sind Sie es?«, hörte er Gehring Junior sprechen, »entschuldigen Sie, dass ich Sie im Urlaub störe. Sie müssen sofort kommen. Ich brauche Sie dringend in der Firma. Hier ist die Kacke am Dampfen. Nehmen Sie das nächste Flugzeug! Frau Bessel wird für Sie buchen.«

»Nein«, sagte Leuchtenberg und trennte das Gespräch.

*

Ozlem Yildirim führte ihn durch das Bab-üs Saade, das ›Tor der Glückseligkeit‹, in den dritten Hof. Sie zeigte ihm die Gewand- und die Schatzkammer. Dort lag auch der berühmte Dolch, der neben Maximilian Schell und Peter Ustinov die Hauptrolle in der Krimipersiflage »Topkapi« spielte. Und sie brachte ihn in den Hirka-i Saadet-Dairesi, den Saal des heiligen Mantels, in dem die kostbaren Reliquien des Islams aufbewahrt wurden. Sie zeigte ihm den Mantel des Propheten und dessen heilige Fahne, die er auf seinen Kriegszügen gegen die Ungläubigen mitgeführt hatte, sein Schwert und seinen Fußabdruck und die kostbare Verpackung eines Barthaares von Mohamed.

»Eine schlechte Nachricht?«, fragte sie schließlich.

»Ich soll morgen zurück nach Deutschland. Meine Firma braucht mich.«

Sie nickte.

»Welchen Flug nehmen Sie?«, fragte sie.

»Ich weiß es nicht. Die Firma sucht und bucht.«

»Sucht und bucht – das reimt sich.«

»Ja.«

»Sie sehen nicht gerade aus, als würden Sie sich darüber freuen.«

Er kickte einen Kieselstein in die Luft.

Sie standen unter einem vergoldeten Baldachin, und sahen die Silhouette Istanbuls, gegenüber die mächtige Süleymaniye Moschee, unten das Goldene Horn, den Bosporus. Auf der anderen Seite der mächtige Galataturm, dort war die Straße, die am Pera Palas zum Taksim vorbeizog, und die Brücke, gesäumt von Anglern. Er fühlte sich plötzlich schwer und traurig.

»Gefällt es Ihnen?«

Sie schien seine Stimmung zu spüren.

Er sah sie an und nickte.

»Dann dürfen Sie wählen: Harem oder Fahrt auf dem Bosporus.«

»Ich glaube, mir ist nicht nach Harem zumute.«

»Also Bosporus. Kommen Sie.«

Sie nahm ihn an der Hand und zog ihn zum Ausgang.

Bosporus

Ozlem kannte sich im Gewirr der Anlegestellen aus und zeigte ihm die richtige Kasse. Leuchtenberg kaufte zwei Tickets. Die Fischbratereien machten gute Geschäfte, vor ihren Booten hatten sich lange Schlangen gebildet. Auch die Wasserverkäufer, die laut rufend alte Karren an den Anlagestellen entlangschoben, hielten öfter an und verkauften Wasser, Limonade und Cola.

Nach zehn Minuten drehte ein zweistöckiges Fährschiff bei. Die besten Tage schien es hinter sich zu haben, der weiße Anstrich blätterte bereits von der Bordwand. Die beiden Masten und die Aufbauten waren gelb gestrichen.

Ahmet H. Yildrim – der Name der Fähre stand mit großen schwarzen Lettern am Bug.

Die Passagiere drängten sich bereits in der Mitte an den beiden Ausgängen, und die ersten sprangen ans Ufer, als das Schiff noch nicht angelegt hatte. Zwei uniformierte Männer versuchten sie von diesem gefährlichen Sprung abzuhalten – vergebens. Sie schoben zwei hölzerne Landungsstege auf das Schiff, und die Menschen strömten an Land.

Ozlem und Andreas warteten in einer kleinen Vorhalle, bis alle Passagiere ausgestiegen waren. Dann öffnete sich eine Schranke, und sie betraten das Fährschiff. Leuchtenberg lief zum Heck des Bootes und hielt zwei Plätze auf einer Holzbank frei. Ozlem Yildirim folgte ihm und setzte sich neben ihn.

Ein Liebespaar saß ihnen gegenüber. Die beiden hielten einander die Hände, und die junge Frau flüsterte ihrem Freund etwas ins Ohr, das ihn offensichtlich verlegen machte. Dies stimmte sie wiederum fröhlich, und sie legte erneut ihren Mund an sein Ohr, um seine Verlegenheit weiter zu steigern.

Die beiden uniformierten Männer zogen die Bootsstege wieder ein, und nach einem kräftigen Aufheulen der Dieselaggregate legte die Fähre ab.

Der Fahrtwind fächelte ihnen kühlen Wind zu. Aber Ozlem Yildirim schien es nicht zu bemerken. Mit einer schnellen Handbewegung strich sie sich die Haare aus der Stirn und betrachtete den Hügel von Peres, aus dessen Häusergewirr sich der Galataturm stolz erhob.

Ob sie verheiratet ist?

Verstohlen blickte Andreas auf ihre Hände. Er musste einen Augenblick warten, bis sie die linke Hand von der Rechten nahmen. Er sah keinen Ehering.

Tragen Türken überhaupt Eheringe?

Wie alt mochte sie sein?

Leuchtenberg konnte das Alter von Frauen noch nie gut schätzen. Vielleicht Mitte dreißig oder Ende dreißig, sagte er sich, aber er war sich nicht sicher.

Ozlem schloss die Augen und genoss die Sonnenstrahlen, die ihr Gesicht wärmten.

Der Bosporus verbreitete seinen salzigen Geschmack, und Leuchtenberg überfiel eine angenehme Ermattung. Das gleichmäßige Stampfen der Schiffsmotoren, nur unterbrochen von dem schrillen Rufen vereinzelter Möwen, ermüdete ihn, und so schloss auch er die Augen.

»Çay?«

Leuchtenberg blinzelte wie aus dem Schlaf erwacht und erkannte den Schaffner, der mit einem großen Tablett voll von Teegläsern vor ihm stand. Er nahm zwei Gläser, reichte eines Ozlem und bezahlte.

Dann tranken sie schweigend den heißen Tee.

»Sind Sie verheiratet?«

Es wunderte ihn, wie unbefangen er diese Frage stellte.

Ozlem sah ihn an und schüttelte den Kopf.

»Ich war verheiratet«, sagte sie. »Ich habe einen dreizehnjährigen Sohn, der bei mir lebt. Im Augenblick ist meine Mutter bei ihm.«

Sie schwiegen.

»Möchten Sie wieder heiraten?«, fragte er.

Sie sah ihn an.

»Nein. Dem Ehrbegriff türkischer Männer ordne ich mich nicht mehr unter. Er hängt wie ein Fluch über den türkischen Familien.«

Leuchtenberg erinnerte sich einer Szene mit Sehin. Unter dem Fliederbusch hatte er sie gefragt, warum sie mit ihm und nicht mit einem der türkischen Jungen zusammen war. Sie hatte damals so heftig mit dem Kopf geschüttelt, dass er nicht wagte, weiter nachzufragen.

Sie schwiegen.

Dann wies Ozlem mit dem Finger auf eine kleine Insel mit einem Turm, die auf ihrer Rechten zu sehen war.

»Das ist Kız Kulesi«, sagte sie, »der ›Mädchenturm‹. Es gibt ein Märchen, das davon erzählt, dass der Sultan seine Tochter hier versteckt hat. Ihr war der Tod durch Schlangengift prophezeit worden, und auf dieser Insel glaubte er sie sicher. Boote brachten die Lebensmittel. Darunter befand sich eines Tages dann auch der Korb mit Obst, in dem sich eine böse Schlange versteckt hielt. Und da war es um des Sultans Tochter geschehen. Die Prophezeiung hatte sich erfüllt.«

»Mir kommt die Insel irgendwie bekannt vor.«

»James Bond.«

»James Bond?«

»Ja«, sagte sie, »die Schlusseinstellungen zu ›The World Is Not Enough‹ wurden hier gedreht. Die Griechen nennen das Inselchen gerne auch die Leanderinsel – nach dem Mythos von Hero und Leander. Aber der Schauplatz dieses Dramas sind die Dardanellen und nicht der Bosporus.«

Sie schwiegen. Ozlem Yildirim schloss erneut die Augen. Sonne und Schatten spielten auf ihrem Gesicht und beleuchteten es in immer neuen Mustern.

Kurze Zeit später drosselte das Schiff die Motoren. Nach einer Linkskurve fuhr es parallel zum Ufer und gab den Blick auf eine in grauem Stein gehauene Moschee frei.

»Jetzt sind wir in Asien«, sagte Ozlem Yildirim, »und das ist die Iskele Moschee. Von Sinan gebaut, dem größten Baumeister des osmanischen Reiches. Iskele heißt Anlegestelle, wir nennen sie also die Anlegestellenmoschee. Er baute sie für Mihrimah, die Tochter des Sultans Süleyman, deshalb nennen mache sie auch Mihrimah-Camii, die Mihrimah-Moschee. 1548 wurde sie fertig.«

Leuchtenberg blickte zum Ufer hinüber zu einer Moscheeanlage, aus der sich schwer die große Kuppel des Gotteshauses erhob. Sie stützte sich auf drei große Halbkuppeln und vier Säulen.

Die Fähre legte an. Sobald die Holzbohlen Ufer und Schiff verbanden, sprangen die Passagiere an Land, und Leuchtenberg beobachtete, dass einige im Laufschritt zu den Bussen hasteten, die wenige Meter entfernt vom Kai parkten.

»Ich weiß, wie es hier früher ausgesehen hat«, sagte er,

»damals gab es noch nicht diese modernen Abfertigungsschalter, sondern nur einen Zaun aus Holz.«

»Hat Ihnen Sehin das erzählt?«

»Nein, hier spielen die ersten Istanbuler Szenen aus dem ›Orient-Express‹. Vanessa Redgrave kommt in einem roten Sportwagen an und lässt ihn einfach stehen, merkwürdigerweise ohne den Schlüssel abzuziehen, später folgt ihr Geliebter, gespielt von Sean Connery.«

Er erzählte ihr, dass er immer nur den Anfang des Films gesehen habe, aber immer noch nicht wisse, was auf der weiteren Reise passiert.

»Ein Mord«, sagte sie, »ein böser Mann wird in seinem Abteil umgebracht.«

»Und – wer ist der Mörder?«

Sie lachte: »Das wird nicht verraten.«

Er reichte ihr die Hand und geleitete sie über den schmalen Landungssteg an das Ufer. An Land hielt er ihre Hand einen Augenblick länger als notwenig, und er registrierte erfreut, sie machte keine Anstalten, seine Hand loszulassen.

So schlenderten sie nebeneinander am Ufer entlang. Auf den Uferwegen herrschte orientalisches Treiben. Vor dem Tapeziertisch eines Losverkäufers drängten sich Menschen mit Geldscheinen in den Händen. Der Mann trug trotz der Wärme eine schwarze Pudelmütze. Wenige Schritte weiter verkaufte eine Frau Feuerzeuge und Badeschuhe. Taxis parkten auf dem Bordstein. McDonald's warb mit weit geöffneten Türen um Kunden, aber Leuchtenberg registrierte, der Fast-Food-Laden war bis auf drei junge Männer leer.

»Kommen Sie.«

Ozlem Yildirim winkte ihm zu, und sie verließen die Uferpromenade und stiegen eine schmale Treppe hinauf.

Nach einer Weile kamen sie in ein Wohngebiet. Leuchtenberg entdeckte zwei alte Holzhäuser aus dunkelbraunem Holz.

Er blieb stehen.

*

Der erste der beiden Holzbauten war ein Eckhaus.

Genau, wie von Sehin beschrieben.

Auch der kleine Garten war da, von dem sie erzählt hatte.

Mit vorsichtigen Schritten näherte sich Leuchtenberg der Tür, die in einen langen Holzzaun eingelassen war.

»Hallo«, rief Ozlem, »was ist mit Ihnen?«

Leuchtenberg hörte sie nicht mehr.

Er öffnete das Tor.

Er sah sich um.

Vor ihm flog die Eingangstür des Hauses auf, und ein Mann in schwarzen Hosen stand vor ihm, am Oberkörper trug er nur ein Unterhemd. An seinem Kinn hingen noch Reste von Seifenschaum. In der herunterhängenden rechten Hand blitzte ein Rasiermesser.

Der Mann sagte etwas auf Türkisch zu ihm.

Leuchtenberg war stehen geblieben.

Der Mann schrie ihn an.

»Kommen Sie zurück! Was machen Sie denn?«

Wie aus einem Nebel hörte er Ozlem Yildirims Stimme. Sie stand plötzlich neben ihm und zog ihn aus der Umzäunung zurück auf die Straße.

»Bitte, fragen Sie ihn, ob Sehins Großmutter hier gewohnt hat.«

Ozlem wandte sich an den Mann. Sie wechselten einige

Worte. Der Mann lachte, schüttelte den Kopf und winkte mit dem Rasiermesser.

»Sehin hat nie hier gewohnt. Das Haus gehört seiner Familie seit drei Generationen«, sagte Ozlem Yildirim. »Und er lädt uns zu einem Tee ein.«

Sie sah Leuchtenberg an.

»Sie sind ja völlig blass«, rief sie.

Sie nahm ihn am Arm und führte ihn vom Grundstück. Der Mann winkte ihnen noch einmal mit dem Rasiermesser zu und verschwand dann im Haus.

Sie gingen nebeneinander schweigend die Straße entlang.

Nach einer Weile kamen sie an eine Treppe, die sie wieder nach unten an die Anlagestellen führte. Sie fanden einen kleinen Teegarten und setzten sich. Rings um sie saßen ältere Männer und spielten Tavla, das türkische Backgammon.

»Es tut mir Leid, ich habe für einen Augenblick die Fassung verloren«, sagte Leuchtenberg.

Sie tat es mit einer Handbewegung ab.

»Es hängt mit Sehin zusammen. Sie hat zwei Jahre bei ihrer Großmutter auf der asiatischen Seite von Istanbul gewohnt. Ihr Vater war damals schon in Deutschland und arbeitete in meiner Heimatstadt im Filterwerk. Und ihre Großmutter muss eine wahre Hexe gewesen sein. Jedenfalls nannte Sehin ihre Großmutter nur ›die Hexe‹. Sie wohnte hier in einem Eckhaus, das Sehin mir genau beschrieben hat: aus Holz, mit diesem Eingang, dem kleinen Garten davor. Ich hätte schwören können, dass es das Haus war, das wir eben gesehen haben.«

Er schwieg erschöpft.

Ozlem schaute ihn an und rührte mit einer ruhigen Bewegung in ihrem Tee. Ihre Augen schimmerten sanft.

Er fuhr fort: »Papa Kaya muss wohl ein guter Ringer gewesen sein. Seine Mutter, also Sehins Großmutter, erhoffte sich viel von ihm.«

»Ringer sind angesehene Männer in unserem Land.«

Leuchtenberg nickte.

»Aber dann heiratete er Sehins Mutter, gegen den Willen seiner Familie. Sehin erzählte mir wahre Märchen, wie er sie entführte und nach einigen Tagen mit ihr zurückkehrte und dann offiziell um ihre Hand anhielt. Seine Eltern haben nur widerwillig dieser Eheschließung zugestimmt, und Sehins Großmutter hat sich damit nie damit abgefunden.«

»Dann gab er seine Ringerkarriere auf?«

»Ja. Er kam nach Deutschland, um Geld zu verdienen, und Sehin blieb zwei Jahre bei der Hexe von Üsküdar. Der Großvater arbeitete im Großen Basar, dort ging sie gerne hin und half ihm. Aber zu Hause bereitete die Alte dem kleinen Mädchen die Hölle. Sie hatte noch drei Enkelkinder in ihrem Haus. Diese durften am Tisch mit der Großmutter sitzen. Nur Sehin musste auf dem Boden alleine essen, durfte nicht sprechen und bekam die schlechteste Nahrung. Nur wenn der Großvater zu Hause war, durfte die kleine Sehin an den großen Tisch. Sehin hatte solche Angst vor der Großmutter, dass sie nachts ins Bett machte. Dann nahm die Alte eine Zeitung, rollte sie zusammen und zündete sie an. Mit der brennenden Zeitung schlug sie Sehin zwischen die Beine. Auf die gleiche Art züchtigte sie die kleinen Katzen, wenn sie in die Wohnung machten.«

Leuchtenberg sah Ozlem an.

»Natürlich half das nichts, und Sehin wurde nun erst recht zur Bettnässerin. Und die Tortur verschärfte sich.«

Er machte eine Pause und fuhr dann fort: »Als Sehin mir diese Geschichte erzählte, in unserem Versteck, wissen Sie, wir trafen uns immer heimlich unter einem Fliederbusch, dessen Zweige eine kleine Höhle bildeten, lief ich über vor Liebe zu dieser Prinzessin aus dem Morgenland. Nie wieder liebte ich eine Frau so wie in diesem Augenblick. Meine Prinzessin aus dem Morgenland. Können Sie das verstehen?«

Er schwieg erschöpft. Ozlem sah ihn an.

»Und warum ging es zu Ende mit Ihnen beiden?«, fragte sie leise.

»Es war meine Schuld. Ich studierte Betriebswirtschaft in Mannheim, und Sehin absolvierte bereits im zweiten Jahr ihre Schneiderlehre ...«

Er hielt inne und schaute ihr in die Augen: »Aber ich kann darüber nicht reden. Es war ...«

Er ließ die Hände fallen.

So saßen sie eine Weile.

Dann sah Ozlem auf die Uhr.

»Wir müssen zurückfahren«, sagte sie. »Ich muss noch vor der Generalprobe im Hotel sein. Für Sie ist ein Platz in der Show reserviert. In der vorletzten Reihe habe ich einfach einen Stuhl dazugestellt. Auf der Sitzfläche liegt ein Blatt Papier mit Ihrem Namen. Leider kein besonders guter Platz.«

*

Während der Rückfahrt standen sie an der Reling und sahen der Abendsonne zu, wie sie die Ocker- und Brauntöne im Farbspektrum der Stadt betonte, die Dächer erglitzern ließ und den Bosporus golden färbte.

Sie sprachen kaum miteinander. Als die Fähre in Eminönü anlegte, reichte er ihr die Hand, um ihr beim Aussteigen zu helfen. Im Taxi unterdrückte er nur mühsam den Wunsch, ihre Hand in die seine zu nehmen. Und als sie im Hotel ankamen, freute er sich, dass die Fahrt ohne Streit mit dem Fahrer endete.

*

An der Rezeption erwartete ihn ein Fax von Helga Bessel.

Ich habe einen Flug gebucht: Die Maschine geht morgen um 11.30 Uhr vom Flughafen Atatürk. Ankunft 13.30 Uhr. Ich soll dir sagen, du sollst sofort in die Firma kommen. Herzliche Grüße, Helga.

Er sah auf die Uhr. Helga saß sicher nicht mehr an ihrem Schreibtisch bei Gehring. Nachdenklich stieg er mit dem Fax in der Hand die Treppen hinauf zu seinem Zimmer. In der Reisetasche fand er seinen Adresskalender und wählte Helga Bessels Privatnummer.

Sie meldete sich beim zweiten Läuten.

»Andreas hier. Helga, weißt du den Grund, warum ich Hals über Kopf zurück in die Firma soll? Will der Junior mich feuern?«

»Bei Gehring ist die Hölle los. Der Senior ist wieder in seinem alten Büro, und er hat tatsächlich jemanden gefeuert.«

»Hoffentlich seinen Sohn …«

»Da freust du dich zu früh. Eduard Brauner wurde gefeuert. Fristlos. Ich weiß nicht aus welchem Grund, aber es muss mit dem Programm zusammenhängen – dieses Kalkulationsprogramm aus deiner Abteilung. Der Senior läuft wie ein Tiger durch die Firma.«

Leuchtenberg bedankte sich bei seiner Sekretärin für die Informationen und legte auf. Langsam setzte er sich auf das Bett.

Die Beraterfirma hat das Kalkulationsprogramm noch gar nicht fertig, dachte er. Die ganze Präsentation war nur eine Farce, und der Schaumschläger Brauner hat sich überreden lassen, dabei mitzumachen. Das wäre durchaus ein Grund für eine Entlassung.

Bin ich jetzt wieder gefragt? Soll ich deshalb so schnell zurückkommen? Merkwürdig, wie unberührt mich das alles lässt. Ich bin erst ein paar Tage in Istanbul und mir ist, als wäre ich schon sehr lange hier. Und Gehring ist weit weg.

Heute Abend würde er Sehin sehen. Während er an sie dachte, vergaß er Gehring. Ihm wurde wieder bewusst, was er ihr angetan hatte, und er schämte sich.

Modenschau

Über dem Pera Palas lag eine feierliche Stimmung. Die Lichter an der erhabenen Fassade strahlten in einem feierlichen Glanz, und Andreas Leuchtenberg dachte für einen Moment, die Hotelleitung habe all dies nur für ihn inszeniert, für ihn und seinen großen Tag. Heute würde er Sehin sehen.

Die Pagen schufteten. Sie rissen die schweren Hoteltüren auf, nahmen Mäntel und Umhänge in Empfang und geleiteten die immer zahlreicher eintreffenden Gäste auf ihre Plätze in der großen Halle, eilten zurück in die Empfangshalle, in die Taxis und Privatlimousinen bereits neue Besucher entlassen hatten.

Die Männer trugen elegante Smokings, die Frauen Abendkleidung, viele hatten bunte Stolen um die Schultern gelegt. Man kannte sich. Eine heitere Erwartung lag über der Gesellschaft, man plauderte, ließ die Champagner-Gläser erklingen, und alle lächelten.

Inmitten all dieser Eleganz fühlte sich Leuchtenberg unwohl in seinem dunklen Wolljackett. Aber seine unpassende Kleidung würde während der Show niemandem auffallen. Andreas blieb für die anderen Zuschauer unsichtbar, denn sein Sitzplatz war tatsächlich so ungünstig, wie Ozlem angekündigt hatte: Vor seinem Stuhl am Ende der zweitletzten Reihe stand eine Säule, sodass er während der Show entweder rechts oder links daran vorbeischauen musste.

Auf dem Stuhl lag ein weißes Blatt mit seinem Namen, in kunstvoller Schrift, jeder Bogen sorgfältig ausgemalt und das »L« seines Nachnamens in ein orientalisches Dekor verwandelt. Er betrachtete das Blatt, es gefiel ihm, und er steckte es in die Innentasche seines Jacketts.

Langsam füllte sich der Raum. Leuchtenberg richtete sich auf und sah an der Säule vorbei, um die Sitzreihen zu überblicken. Ozlem saß in der ersten Reihe. Sie hatte den Kopf zur Seite geneigt und hörte einem älteren Mann mit kurzen, eisgrauen Haaren zu, der ihr etwas ins Ohr flüsterte. Sehin sah er nicht.

Durch die Mitte des Saales zog sich der Laufsteg. Am anderen Ende der Halle ging er in eine Treppe über, die auf einem Podest endete. Dort war eine Tür, noch bedeckt mit zwei schweren, dunkelgrünen Brokatvorhängen.

Jetzt verglomm das Licht, und ein hellweißer Spot blendete auf und erleuchtete einen Kreis auf dem Podest. Ein Mann im Smoking schob die Brokatvorhänge zur Seite und sprang ins Licht. Höflicher Beifall. Der Mann sprach türkisch. Leuchtenberg bog seinen Oberkörper nach links, um ihn sehen zu können. Der Mann schien endlos reden zu wollen. Hin und wieder lachte das Publikum.

Schließlich verbeugte er sich, trat aus dem weißen Lichtkegel heraus und verschwand im Hintergrund. Freundlicher Applaus. Licht aus. Spots auf den Eingang, dessen Vorhänge nun weit zurückgezogen waren, Spots auf Treppen und Laufsteg. Unvermittelt brach Musik herein, laut wie ein Unwetter auf hoher See. Die aufsteigenden Kadenzen türkischer Popmusik und ihr unerwarteter Sinkflug steigerten die Spannung. Dann ein kurzer Trommelwirbel, die Musik brach ab, zwei Models erschienen auf dem Podest und stiegen die Treppe hinab.

Leuchtenberg wunderte sich, in welch ausgreifenden Schritten die beiden Mädchen den Laufsteg entlangeilten.

An seinem Ende blieben sie kurz stehen, als sei ihnen etwas eingefallen, machten kehrt und marschierten zurück, als hätten sie es eilig. Auf halber Höhe drehten sie sich noch einmal um die eigene Achse, und schon stürmten die nächsten Mannequins heran.

Leuchtenberg zählte die Mädchen nicht, die über eine halbe Stunde lang Kostüme, knielange Röcke, altmodisch wirkende Jacken mit langen Schößen und einige bodenlange Wintermäntel präsentierten.

Applaus. Die Models erschienen noch einmal gemeinsam, und in ihrer Mitte ließ sich ein junger Modemacher mit Ziegenbart und schwarzer Hornbrille feiern.

Pause.

Die Zuschauer erhoben sich und führten angeregte Unterhaltungen. Leuchtenberg schlenderte zum Ausgang. Er sah sich nach Ozlem um, konnte sie aber nirgends entdecken. Inmitten all der Menschen fühlte er sich einsam. Er verließ den Saal, trat durch die Vorhalle hinaus auf die pulsierende Straße. Zum ersten Mal seit langer Zeit spürte er wieder das Verlangen nach einer Zigarette.

Er wartete vor dem Hotel, bis er durch die Glastür beobachtete, dass die Zuschauer wieder in den Saal zurückdrängten. Er schloss sich ihnen an.

Die Inszenierung des zweiten Teils glich der des ersten. Musik. Trommelwirbel. Auftritt der Models. Diesmal präsentierten sie lässige Cargo-Hosen, witzige T-Shirts und grellbunte Blousons. Mit großen Schritten, als würden sie für ihren Auftritt schlecht bezahlt, stürmten sie den Laufsteg entlang. Ihre Gesichter strahlten eine abweisende, überperfektionierte Schönheit aus, die Leuchtenberg, der zum ersten Mal eine Modenschau besuchte, erstaunte. Eine Schönheit, die gleichzeitig Langeweile bedeutete, kannte er nicht, und er überlegte, dass dies sicher deshalb so sein müsse, damit der Blick der Zuschauer auf die Mode konzentriert werde.

Dann nahmen auch die Cargo-Hosen und Blousons ein Ende.

Leere auf dem Laufsteg.

Diesmal stand niemand auf, und auch Leuchtenberg blieb hinter seiner Säule sitzen. Er registrierte eine fiebrige Unruhe, die sich im Saal ausbreitete, eine Mischung aus Spannung, Neugier und Ungeduld. Das Licht ging aus.

Im großen Saal des Pera Palas herrschte absolutes Schweigen.

In der Atmosphäre von Dunkelheit, Stille und unerträglicher Anspannung plötzlich der silberne Ton eines orientalischen Blasinstruments. Aufsteigend und abfallend, tänzerisch und beschwörend, fremd und harmonisch auf einer ihm fremden Tonleiter.

Vom oberen Podest der Treppe waberte künstlicher Nebel, der schnell und dicht die Szenerie von Treppenaufgang und Laufsteg umhüllte. In der Nebelwand schien etwas golden zu schimmern. Wie alle anderen im Saal bemühte sich Leuchtenberg, die Quelle des Goldglanzes zu entdecken, doch die Nebelschleier gaben nur ein paar Goldreflexe preis.

Die orientalische Musik setzte wieder ein, mächtig, aber nicht laut, jetzt jedoch unterlegt mit einem pulsierenden und mitreißenden Rhythmus.

Endlich schien der Nebel sich ein wenig zu lichten, und ihm entstieg mit einem großen Schritt eine hoch gewachsene Frau. Sie trug eine weiße Pumphose mit schwarzen Längsstreifen und Überwürfen an den Knöcheln. Darüber lag ein Kleidungsstück, wie es Leuchtenberg noch nie gesehen hatte: ein golden besticktes Oberteil, das in zwei langen Rockschößen unter dem Knie endete und vorne in einem langen Schlitz bis über den Bauchnabel geöffnet war. Darüber eine grüne Jacke mit Pelzbesatz und goldenen Streifen an den Ärmeln und scharlachroten, umgenähten Manschetten. Auf dem Kopf ein gewundenes Tuch in Rot, das von einem mit schwarzen Perlen besetzten, durchsichtigen Stoff gehalten wurde.

Ein Raunen durchlief das Publikum.

Die Frau hielt nur kurz inne und schritt dann mit stolzem Gleichmut die Treppe hinab, als sei sie allein im Raum. Sie schlenderte den Laufsteg entlang, drehte sich an dessen Ende einmal um die eigene Achse, sodass die roten Rockschöße aufflogen, und blieb stehen, senkte den Kopf und schloss die Augen.

Stille.

Wie aus einer tiefen Meditation erwachend, blickte sie auf, wandte sich um und eilte mit schnellen Schritten die Treppe hinauf zum Podest und verschwand.

Das zweite Mannequin war eine atemberaubend schöne Schwarzafrikanerin. Für einen Augenblick dachte Leuchtenberg, sie sei nackt. Doch sie trug eine langes schwarzes Tuch eng um den Körper gewickelt, das – Leuchtenberg sah es nun besser – aussah wie ein Abendkleid. Ein Kopftuch aus nachtblauem Stoff verhüllte ihr Haar. Drei grüne Edelsteine, die am Tuch befestigt waren, zierten die Stirnpartie. Die Frau schritt nun selbstvergessen und unerreichbar schön die Treppe hinab. Als sie den Laufsteg erreichte, setzte die Musik aus, und hunderte Augenpaare konzentrierten sich auf sie; doch die Schöne schritt den Steg entlang, als bemerke sie es nicht.

Das dritte Modell trug ein Kleid aus durchsichtigem

Stoff mit Ornamenten, wie sie Leuchtenberg an den Kacheln der Blauen Moschee gesehen hatte. Über das Kleid war ein Schal aus rotem und blauem Stoff gearbeitet, der die Blößen der Frau sowohl verdeckte als auch betonte.

Wie aus den kühnsten Träumen morgenländischer Kalifen entsprungen traten nun in schneller Folge die Mädchen auf, und jede schien die Vorige an Schönheit und Raffinesse der Kleiderpracht zu übertreffen. So müssen die Frauen im Harem von Topkapı ausgesehen haben, dachte Leuchtenberg. Doch langsam veränderte sich der Stil der Kleidung, ohne dass das Zusammenspiel von traditionellen und modernen Elementen seine Wirkung einbüßte. Die Models trugen nun Kreationen im Stil der westlichen Hemisphäre, Hosenanzüge mit weitem Schlag, Kostüme, Kleider und Mäntel – und doch haftete jedem dieser Kleidungsstücke der Zauber und die Verführungskraft der aufreizenden orientalischen Schöpfungen an, die die ersten Models präsentiert hatten.

Kein Zweifel.

Dies war Sehins Arbeit.

Das ist einfach mein Ding. Andreas, das ist mein Ding.

Sie hatte ihr Ziel erreicht.

Und er?

Ein Model eilt den Laufsteg zurück, dreht sich noch einmal selbstvergessen um, eilt von dannen. Zeitgleich zu ihrem Abgang endet die Musik in einer triumphalen Kadenz.

Stillc.

Dann bricht Applaus los. Die Menschen springen auf. Standing Ovations. Die Zuschauer nicken einander begeistert zu, lächeln, jubeln und klatschen. Zurufe auf Türkisch. Rund um den leeren Laufsteg verwandelt sich der Saal in einen Hexenkessel. Nur Leuchtenberg bleibt hinter der Säule sitzen und regt sich nicht. Die Stirn hat er an den kühlen Stein gepresst.

Erst nach einigen Minuten flammen die Spotlights wieder auf. Zwei Models erscheinen auf der Treppe, und der Applaus schwillt noch stärker an. Die Mädchen laufen die Treppen hinab zum Laufsteg, ihnen folgen jetzt ebenfalls paarweise die weiteren Models. In zwei Reihen schreiten sie hintereinander den Laufsteg entlang und lächeln dem Publikum zu. Am Ende des Laufstegs bleiben sie stehen und verbeugen sich. Dann drehen sie sich nach innen und bilden ein Spalier. Alle wenden den Kopf zur Treppe.

Dort steht Sehin.

Leuchtenberg hält den Atem an.

Sehin.

Sie trägt die Haare wieder kurz. Das gleiche verlegene Lächeln, mit dem sie den Preis auf der Abiturfeier entgegengenommen hatte.

Sehin steht am Rand der Treppe.

Sie trägt schwarze Jeans, ein schwarzes Shirt, keinen Schmuck. Lächelnd nimmt sie die Ovationen entgegen, dann verbeugt sie sich und geht schnell die Treppe hinunter, durch das Spalier ihrer Models hindurch bis zum Ende des Laufstegs. Dort verbeugt sie sich noch einmal.

Sieht sie in seine Richtung? Leuchtenberg duckt sich hinter der Säule. Als er wieder aufsieht, wirft sie eine Kusshand ins Publikum. Aber Leuchtenberg scheint es, als habe dieser Kuss nicht den Zuschauern als Gesamtheit gegolten, sondern einer bestimmten Person. Er schaut genauer hin, doch er kann niemanden erkennen, der auf die Kusshand unmittelbar reagiert.

Plötzlich springt Sehin vom Laufsteg hinunter und läuft

ins Publikum. Ein Scheinwerfer folgt ihr, und Leuchtenberg sieht, wie sie die Hand eines Mannes fasst und den Widerstrebenden hinter sich her auf die Bühne zieht.

Dort stehen beide und strahlen sich an. Irgendjemand überreicht ihr einen großen Strauß Blumen.

Sie wendet sich dem Mann zu und küsst ihn auf den Mund.

Das Publikum steigert den Applaus noch einmal, Sehin verbeugt sich erneut und schreitet dann durch das Spalier der Models zurück zur Treppe und entschwindet, den Mann an ihrer Hand.

*

Das Licht im Saal wurde wieder hell, und die Zuschauer wandten sich dem Ausgang zu. Alle redeten gleichzeitig; lautstark und enthusiastisch bekundeteten sie einander ihre Zustimmung und Begeisterung über das eben Gesehene.

Im Foyer des Hotels stand Andreas allein inmitten der plaudernden Menschen und fühlte sich wie betäubt.

Er wusste nicht, wie lange er dort gestanden hatte, als eine Hand seine Schulter berührte.

»Kommen Sie, ich bringe Sie hinter die Bühne«, sagte Ozlem Yildirim.

Leuchtenberg schüttelte den Kopf.

»Nein – ich kann nicht.«

»Aber ihretwegen sind Sie doch nach Istanbul gereist?«

Wieder schüttelte er den Kopf und blickte zur Seite. Sie sah ihn prüfend an und dachte nach.

»Dann weiß ich das Richtige für Sie«, sagte sie und nahm seine Hand, »kommen Sie. Vertrauen Sie mir.«

Sie zog ihn zum Ausgang.

Er folgte ihr widerstrebend.

»Sie können doch jetzt hier nicht weg. Man wartet doch bestimmt auf Sie.« Er löste sich aus ihrem Griff und deutete mit dem Daumen hinter sich in Richtung Saal.

»Es gibt in der Hotelbar einen Empfang, und ich hasse Empfänge. Immer das Gleiche, tausendmal erlebt. Nein, meine Arbeit ist getan, die anderen sollen jetzt feiern. Und Sie, Sie kommen jetzt mit mir.«

Sie öffnete die schwere Hoteltür und schob ihn energisch hinaus.

»Wir gehen zu den Derwischen«, sagte sie. »Was Ihnen jetzt hilft, sind die Derwische.«

Tanz der Derwische

Alles Denken und Fühlen schien in ihm blockiert. In seinem Inneren jagten wie in einem Schnelldurchlauf die Bilder und Szenerien der Vorgänge aus jüngster und ferner Zeit in wilder Chronologie, und ab und an blitzten Momentaufnahmen für Sekundenbruchteile in sein betäubtes Bewusstsein, ohne dass er auch nur die geringste Chance hatte, eines dieser Bilder festzuhalten und mit einem klaren Gedanken zu verbinden. Stumm und apathisch folgte er Ozlem Yildirim, die mit energischen Schritten die Gasse zur İstiklâl Caddesi hinaufschritt.

Dort überquerten sie die Straßenbahnschienen, und Ozlem führte ihn in eine Gartenanlage, einen Park, in dem bereits eine größere Menschenansammlung wartete. Er sah Fackeln brennen, und vor dem Toreingang eines großen Gebäudes drängte sich ein Pulk von Leuten.

Durch das geöffnete Tor fiel warmes, gelbes Licht auf die Wartenden, die Schritt für Schritt aufrückten. Eine gestickte Fahne hing über dem Tor, die einen sitzenden alten Mann mit weißem Bart zeigte, der in einer Hand eine Gebetskette hielt.

»Dies ist das Mevlevihane, das Haus, in dem die Derwische des Mevlevi-Ordens wohnen«, hörte er Ozlem flüstern. »Wir werden ihnen beim Tanzen zusehen. Heute führen sie ihre Zeremonie auf, das Sema.«

Die Schlange bewegte sich nur langsam vorwärts, und erst nach einer halben Stunde gelangten sie in das Innere des Gebäudes. Vor ihnen öffnete sich ein hallenartiger

Raum, wie eine Zirkusmanege angelegt. Die Besucher drängten sich um das mit Stuhlreihen gesäumte Rund. Der Boden der Manege war mit glänzenden Holzplanken belegt. Rechts und links erhoben sich hohe Marmorsäulen, die die Deckenkonstruktion der Halle stützten.

Die Menschen standen und saßen nun dicht gedrängt, als Orchester und Chor das Rund betraten, die Männer in festlichen Anzügen mit weißen Hemden, die Frauen in schwarzen Kostümen. Ein Musiker trug ein Saz, die klassische türkische Gitarre, ein anderer stellte eine Art Zither vor sich auf, weitere zogen Flöten aus einem Futteral.

Stille.

Eine junge Frau trat vor mit einem aufgeschlagenen Buch in den Händen. Leuchtenberg schloss die Augen, und er sah Sehin vor sich, wie sie den Mann auf die Bühne zog und ihn auf den Mund küsste.

Die junge Frau las aus einem Buch vor. Andreas verstand kein Wort, aber ihre Stimme beruhigte sein Gemüt.

Dann setzte die Musik ein. Es waren lang gezogene, verloren wirkende Töne, die Leuchtenberg endlich zu sich kommen ließen.

Sehin hat nun erreicht, was sie sich immer gewünscht hat, dachte er.

Wieder flossen die Bilder durch seinen Kopf, und er wollte sie nicht aufhalten. Er sah die türkischen Männer mit dem Opel Blitz in der Unteren Bahnhofstraße. Und Sehins Vater, wie er vorsichtig den Samowar ins Haus trug. Sehin mit kaum gebändigtem Haar. Wie sie sich vorsichtig bis zu dem Haus der Beckers bewegte und dann in den Rinnstein pinkelte. Das Mensch-ärgere-dich-nicht-Spiel. Seine verzweifelten Versuche, eine Sechs zu würfeln, und die Wut, als dies Fred gelang. Der erste Kuss, so warm und weich. Der Sprung in den Schafspfuhl. Mit Sehin unter dem Fliederbusch. Mit ihr auf dem Kelim, wenn ihr Vater Spätschicht im Filterwerk arbeitete. Die langen Wochen, wenn sie in den Ferien in Istanbul ihre Mutter besuchte. Die Einsamkeit während des Studiums in Mannheim.

Orchester und Chor verbeugten sich. Leuchtenberg sah sich verwirrt um und wollte applaudieren, aber keiner der Umstehenden klatschte. Özlem, die ihn beobachtete, lächelte ihm zu, und Leuchtenberg lächelte zurück.

Die Musiker traten aus dem Rund heraus und verschwanden durch eine rückwärtige Tür. Nur wenig später tauchten sie, ein Stockwerk höher, in der Loge über dem Eingang wieder auf, setzten sich und stimmten ihre Instrumente.

Stille senkte sich über den Raum.

Nun öffnete sich die Tür, und ein alter Mann mit eisgrauem Bart erschien. Eine braune Kutte hing über seinen Schultern. Auf dem Kopf trug er einen braunen zylindrischen Hut, der mit einem grünen Band umspannt war. Ihm folgten etwa zwanzig weitere Derwische, ebenfalls in braune Kutten gehüllt, junge Männer, und Leuchtenberg sah auch einige Frauen. Den Blick gesenkt und die Hände unter der braunen Kutte verborgen, traten sie hinter dem Meister in die Arena. Der alte Mann schritt in die Mitte des Runds, während die anderen Derwische sich am Rand aufstellten.

Dann setzte die Musik ein.

Die Kutten der Derwische glitten zu Boden. Weiße und grüne Gewänder kamen zum Vorschein, die Männer trugen die weißen, die Frauen die grünen. Eine Frau war mit einem roten Gewand bekleidet.

Langsam und würdig trat einer nach dem anderen vor

den Meister und verneigte sich vor ihm. Dann wandten sie sich zur Seite und begannen sich zu drehen.

Erst langsam, dann schneller.

Die Hände breiteten sie zur Anrufung Gottes aus, den Kopf neigten sie leicht seitwärts, und die Gewänder hoben sich durch die erzeugte Bewegung.

Der Tanz der Derwische. Sie drehten sich in gleich bleibendem Tempo, und obwohl nur wenige Zentimeter Platz zwischen ihnen war, berührten sich weder Hände noch Gewänder. Es entstand ein Bild vollkommener Harmonie, und niemand in der Halle vermochte es, den Blick von den tanzenden Derwischen zu lösen.

Schließlich standen alle wieder an ihrem Platz. Auf ein Zeichen des alten Mannes setzte die Musik erneut ein, und der erste Derwisch kam auf den Meister zu, verbeugte sich und tanzte.

Und bald kreisten alle Derwische wieder in dem Rund, und die Drehbewegungen vor ihm schienen sich in seinem Kopf fortzusetzen. Ihm schwindelte.

In den ersten Wochen seines Studiums schmerzte ihn die Trennung von Sehin, und er nutzte die Gelegenheit sooft wie möglich, auch während der Woche, nach Hause zu fahren. Nach drei Monaten fingen die Hänseleien an: Als er sein erstes Referat hielt, mokierten sich die Kommilitonen über seinen schwäbischen Dialekt. Später über seine altmodischen Klamotten. Und schon war er der Arsch des Semesters. All das traf ihn unvorbereitet und all das tat weh.

Er borgte sich bei seiner Mutter fünfhundert Mark und kleidete sich neu ein. Doch es nutzte nichts mehr. Er wurde zu keiner Party eingeladen, zu den Ausflügen in den Odenwald fuhren sie ohne ihn. Er war so unglücklich wie noch nie in seinem Leben.

Den ersten Besuch Sehins in Mannheim plante er als Befreiungsschlag. Sie war schöner als jede seiner Mitstudentinnen und sah viel besser aus als die Mädchen, mit denen seine Kommilitonen rumhingen. Er würde es ihnen zeigen. Er würde seine Prinzessin vorführen, und nach diesem Auftritt würde sein Ansehen im Semester nachhaltig gefestigt sein.

Zwei Tage führte er Sehin auf dem Campus herum, aß mit ihr in der Mensa, obwohl sie in den Bratkartoffeln mit Klopsen nur herumstocherte, ließ sich von ihr zur Vorlesung bis zur Tür des großen Hörsaals bringen und registrierte zufrieden die Blicke der anderen Studenten.

Ihr gefiel es nicht auf dem Campus. Am Montagmorgen fuhr sie in aller Frühe zurück.

Mittwochs nach dem Proseminar in Wettbewerbsrecht feixte einer seiner Mitstudenten auf dem Flur: »Na, Leuchtenberg, wann kommt denn deine Kanakenbraut wieder?«

*

Die Derwische drehten sich immer noch. Er versuchte in ihren Mienen zu lesen, aber sah nur tiefe Ruhe in ihren jungen Gesichtern.

Damals hätte ich gerne etwas von dieser Ruhe gehabt, dachte er. Binnen zweier Tage war »Leuchtenbergs Kanakenbraut« das Tagesgespräch unter den Studenten seines Semesters.

In der folgenden Woche telefonierte er zweimal mit Sehin. Sie musste seine Verzweiflung gespürt haben, obwohl er ihr nichts von den Vorgängen an der Uni erzählte. Sehin wollte ihm eine Freude machen. Ihn aufmuntern. Deshalb stand sie plötzlich am Freitag vor dem Hörsaal I. Sie wollte ihn abholen und mit ihm zusammen zurückfahren.

Die anderen Studenten waren bereits auf dem Weg zur Mensa, und er kam als Letzter aus dem Hörsaal. Sie bog um die Ecke, lachte und freute sich, doch Leuchtenberg erschrak.

Sie küsste ihn und spürte sofort, wie er sich verkrampfte.

»Was hast du? Freust du dich nicht? Das sollte eine Überraschung werden!«

Er sah sich um, ob ihn jemand aus seinem Semester sah, aber es war niemand da.

»Komm, wir gehen in deine grässliche Mensa, essen was und nehmen den Zug um halb drei.«

Sie hakte sich fröhlich bei ihm unter, und er ging steif neben ihr her.

Ich gehe nicht mit ihr in die Mensa, nicht einmal die wenigen Schritte bis zum Wohnheim.

»Warte hier. Ich will rasch ins Wohnheim, meine Sachen holen, bin gleich wieder da«, sagte er und marschierte einfach los.

Doch sie blieb nicht stehen, sondern lief hinter ihm her und hängte sich nach ein paar Schritten wieder bei ihm ein.

»Ich komme mit.«

Er blieb stehen.

»Sehin, bitte.«

Er sah sie an.

»Sehin, dann geh bitte ein paar Meter hinter mir her.«

Das hatte er tatsächlich gesagt. Mehr herausgestoßen als gesagt. Mit Schweiß auf der Stirn und an den Handflächen.

Und Sehin?

Einen Moment lang schien es, als glaubte sie, sie habe sich nur verhört. Doch dann begriff sie. Ihre Augen wurden schmal und immer schmaler, bis es aussah, als habe sie die Lider zusammengepresst. Sie atmete tief und laut.

Dann drehte sie sich um und stampfte mit diesen großen Schritten davon.

Seither hatte er sie nicht mehr gesehen.

Bis heute.

*

Die Derwische beendeten die Sema. Einer nach dem anderen verbeugte sich vor dem Meister. Dann ging der alte Mann zur Tür, seine Schüler folgten ihm und waren alsbald verschwunden.

Von Fred hatte er erfahren, dass Sehin in der darauf folgenden Woche ihre Lehre abgebrochen hatte und zu ihrer Mutter nach Istanbul gezogen war. Ihr Vater sprach kein Wort mehr mit ihm.

Leuchtenberg verprügelte einen Kommilitonen so schwer, dass er beinahe der Uni verwiesen worden wäre. Aber all das hatte seine Scham und Trauer nicht stillen können.

Die Besucher standen auf. Immer noch herrschte eine feierliche Stille. Ozlem Yildirim schritt neben ihm zum Ausgang.

Es ist vorbei, dachte er. Sehin macht ihr Ding. Das, was sie schon immer wollte.

Er würde sich mit Ilse einigen. Wenn sie auf Scheidung besteht, würde er ihr keine Steine in den Weg legen.

Ich werde mich fair verhalten, dachte er. Nie wieder

möchte ich jemanden so behandeln, wie ich Sehin behandelt habe.

Sie traten aus dem Portal, und eine freundliche Wärme umfing sie.

»Darf ich?« Ozlem hakte sich bei ihm unter.

Er spürte ihre Hand, die auf seinem Unterarm ruhte, und ihre Wärme neben sich. Schweigend gingen sie hinunter zum Hotel.

Die Große Halle war bereits leer geräumt. Nichts erinnerte mehr daran, dass hier vor einigen Stunden eine Modenschau stattgefunden hatte.

»Herr Leuchtenberg, wir haben Ihnen für morgen eines unserer Taxis reserviert. Es wird Sie zum Flughafen bringen.« Der Portier lief auf ihn zu.

»Danke.«

»Sehen wir uns zum Frühstück?«, fragte Ozlem Yildirim.

Er sah sie an und nickte.

Taxi

In der Nacht plagten ihn eigentümliche Träume. Er befand sich neben Hercule Poirot auf dem Istanbuler Bahnhof, und der Orient-Express stand bereits unter Dampf. Gleich würde er abfahren. Der belgische Privatdetektiv stieg in den Zug und winkte ihm zu. Steigen Sie ein, mein Freund. Andreas lief über den Bahnsteig, doch so sehr er sich bemühte, er kam dem Zug nicht näher. Ein letztes Pfeifen, dann setzte der Orient-Express sich in Bewegung.

In dem Traum, der ihn gegen Morgen aus dem Schlaf schüttelte, stand Sehin wieder auf der Spitze des Galataturms. Hinter ihr erschien eine Gestalt in dunklem Gewand. Er lief auf Sehin zu, doch plötzlich stand er am Rand des Turmes und fiel.

Sein eigener Schrei weckte ihn auf.

Er schleppte sich ins Bad und schöpfte mit beiden Händen kaltes Wasser ins Gesicht.

Das war also meine Istanbulreise. Er betrachtete sein unrasiertes Gesicht im Spiegel.

Ich werde mich mit Ilse verständigen. Ich werde mich um Ute kümmern. Ich ...

Vorsätze wie zu Neujahrsbeginn, dachte er, und stellte die Dusche an.

Als er später im Frühstücksraum saß und den ersten Tee trank, wartete er auf Ozlem. Sie erschien nicht. Er stand auf und lief in die Hotelhalle. Aber auch dort saß sie nicht, wie er erhofft hatte. Zurück im Frühstücksaal, wollte ihm noch nicht einmal der Tee schmecken. Wo blieb nur Ozlem? Schließlich verließ er den Speisesaal und ging hinüber zur Rezeption. Er bezahlte seine Hotelrechnung.

»Welche Zimmernummer hat Frau Yildirim?«

»Oh, Frau Yildirim hat gestern bereits ausgecheckt.«

Die Enttäuschung traf ihn wie ein Faustschlag.

Der Portier lächelte freundlich.

»In zehn Minuten ist Ihr Taxi bereit.«

Leuchtenberg nickte und stieg noch einmal die Treppe hinauf zu der Suite von *Mary, the former Queen of Roumania*.

Als er mit seinem grünen Koffer die Treppe hinunterkam, stoppte vor dem Hotel ein Taxi. Ozlem sprang heraus, bezahlte den Fahrer und stürzte in den Hoteleingang. Schwer atmend stand sie vor ihm.

»Diese verfluchten Taxifahrer«, sagte sie, »ich brauchte drei davon, um hierher zu kommen. Ständig wollen sie einen betrügen.«

Sie warf ihren Kopf zurück und strich eine Haarsträhne hinter ihr Ohr.

»Ich wollte mich von Ihnen verabschieden«, sagte sie.

Leuchtenberg lachte. »Ich musste ohne Sie frühstücken.«

Der Portier kam auf ihn zu.

»Ihr Taxi ist da.«

Leuchtenberg sah nach draußen. Das Taxi parkte in der zweiten Reihe und staute den Verkehr hinter sich.

»Nun denn«, sagte Leuchtenberg und reichte ihr die Hand.

Sie lächelte, und diesmal lächelte ihr ganzes Gesicht, der Mund und auch ihre Augen.

»Ihr Taxi, bitte.«

Der Portier nahm seinen Koffer und trug ihn zu dem

wartenden Wagen. Hinter dem Taxi hupten die nachfolgenden Wagen. Der Portier winkte hektisch.

Sie gingen nebeneinander hinaus. Der Portier hielt ihm die Wagentür auf. Leuchtenberg ließ sich auf den Rücksitz fallen. Ozlem winkte ihm noch einmal zu und drehte sich dann rasch um. Sie ging ein paar Schritte und bog in die Gasse ein, die hinauf zur İstiklâl Caddesi führt.

»Flughafen, bitte«, sagte Leuchtenberg zu dem Fahrer.

Der nickte und drehte den Schlüssel im Zündschloss.

Der Wagen sprang nicht an. Der Fahrer fluchte auf Türkisch. Hinter ihnen hupten die nachfolgenden Wagen.

Beim vierten Versuch heulte der Motor auf, und das Taxi setzte sich in Bewegung. Unmittelbar vor ihnen bog ein Lkw in ihre Straße ein und zwang den Taxifahrer nach wenigen Metern Fahrt zu einer Vollbremsung.

Durchs Wagenfenster erblickte Andreas Leuchtenberg für einen Moment in der kleinen Gasse die Gestalt von Ozlem Yildirim. Dann war sie auch schon verschwunden.

»Warten Sie hier«, sagte er zu dem Fahrer, »ich bin gleich wieder da.«

Er stieg aus und ließ die Wagentür offen.

Er lief die Gasse hinauf. Der Taxifahrer war ausgestiegen und rief ihm etwas nach. Unten heulten die Hupen der Autos. Die Flüche der Fahrer drangen zu ihm herauf.

Ozlem sah er nicht.

Als er die İstiklâl Caddesi erreichte, brannten seine Lungen. Er bieb stehen. In welche Richtung war Ozlem gegangen?

Das Hupkonzert aus der Gasse war nun ohrenbetäubend. Er sah hinunter. Der Taxifahrer stand neben seinem Wagen, ruderte wild mit seinen Armen und schrie ihm etwas zu. Die hintere Tür stand immer noch offen.

Er schaute sich um und rannte nach links.

Er rempelte einen Mann an. Andere Passanten wichen vor ihm zur Seite.

Seine Lungen schmerzten. Er verlangsamte seine Schritte und hielt keuchend inne.

Zu spät.

Da sieht er sie. Sie geht mit schnellen Schritten in Richtung Taksim-Platz.

Leuchtenberg hetzt wieder los. Er stolpert, als sein rechter Fuß in die Schiene der Trambahn gerät, doch er kann sich gerade noch fangen und taumelt weiter. Noch immer hört er das wütende Hupen der Autos.

»Ozlem!«

Als sie sich umdreht, sieht er, dass Tränen über ihr Gesicht laufen. Aber jetzt lächelt sie.

Danksagung

Ich bedanke mich bei *Tevfik Baser* für seine Freundschaft und seine nicht enden wollende Begeisterung, mir seine neu entdeckte Heimatstadt zu zeigen. Zu danken habe ich *Jale Yoldaş Myriam Lübke*, *Sona Gün* und nicht zuletzt *Seval Göksel*.

Bei dem Kapitel über den Arbeitskonflikt bei Metro unterstützte mich *Anton Kobel*, dem ich herzlich danke. Nähere Informationen und der neuste Stand dieser Auseinandersetzung sind auf der Website www.verdi.de/baden-wuerttemberg/mannheim zu finden. Von *Karin Lieber* und *Bernd Günter Dumke* von der Robert Bosch GmbH, Geschäftsbereich Verpackungstechnik, lernte ich vieles über Andreas Leuchtenbergs Arbeitsfeld. Herzlichen Dank! Bei den Passagen über die Ehrenmorde stütze ich mich auf die meisterhafte Reportage von *Christiane Schlötzer* in der Süddeutschen Zeitung vom 19. Januar 2004. Die Ausführungen von Bekir Muslu über die Farbgebung von Kelims im Kapitel »Das Geld liegt im Bauch des Löwen« stützen sich auf die Aufsätze *Material und Technik, Bild und Idee* von *Heinz Meyer* sowie *Kamelhaar in anatolischen Kelims* von *Sabine Steinbock* und *Harry Koll*, beide zu finden in dem schönen Band *Kelim – Textile Kunst aus Anatolien*, Aachen 2002. Dank und Bewunderung an *Nikolaus Wolters* für sein Lektorat.

Stuttgart, im Januar 2005
Wolfgang Schorlau

KiWi
PAPERBACK
844

Eyüp Sultan Camii
EYÜP
Haliç Köprüsü
Defterdar Caddesi
DEFTERDAR
Kumbaracı Cad.
HALICIOĞLU
Eski Galata-Köprüsü
OKMEYDANI
Piyale Paşa Camii
HASKÖY
Aynali Kavak Kasri
KASIMPAŞA
AYVANSARAY
Mürselpaşa Caddesi
Hasköy Yolu Melez Sok.
Golden Horn
Kariye Camii
BALAT
Abdülezel Paşa Caddesi
E. Çelebi C
TEP
Mihrimah Camii
FENER
EDİRNEKAPI
Sultan Selim Camii
Gül Camii
Sokullu Mehmet Paşa Camii
Nisançı Camii
Ulubatlı
BAYRAMPAŞA
Atatürk-Köprüsü
KARAGÜMRÜK
Fevzipaşa Caddesi
Zeyrek Kilise Camii
Adnan Menderes Bulvarı
Mehmet Fatih Camii
Emniyet
Rüstem Paşa Camii
FATİH
Bozdoğan Kemeri
Suleymaniye Camii
BEYAZIT
Kapali Çarşi (Grand Baza
Turgut Özal Caddesi
Şehzade Camii
ÇAPA
SARAÇHANE
Üniversitesi
Aksaray
Lâleli Camii
Üniversitesi
Beyazit Camii
Ordu Caddesi
Haseki Camii
KUMKAPI
AL
Cerrahpaşa Camii
Koca Mustafa Paşa Camii
Yenikapı
AKSARAY
Kumkapı İst.
SAMATYA
Yenikapı İst.
Kennedy Caddes
Koca Mustafa Paşa İst.
Kennedy Caddesi
Marmarameer

Askeri Müzesi
TESVİKİYE
Kurtuluş Caddesi
Spor ve Sergi Sarayı
Caddesi
MAÇKA
BEŞIKTAS
Osmanbey
Açikhava Tiyatrosu
Sinan Paşa Camii
Çirağan-Caddesi
KURTULUŞ
Cumhuriyet
DOLMABAHÇE
Teknik Üniversitesi
Dolmabahçe Sarayı
Stadyumu
Taksim
BEYOĞLU
Taksim Meydanı
Taksim Cumhuriyet Abidesi
Saat Kulesi
Atatürk Kültür Merkezi
Dolmabahçe Camii
İstiklâl Caddesi
Hamamı Galatasaray
KABATAŞ
Lisesi
Molla Çelebi Camii
GALATA-SARAY
CIHANGIR
St. Antoine
SISHANE
Nusretiye Camii
Bosporus
Galata Kulesi
Kılıç Ali Paşa Camii
Şemsi Paşa Camii
Yeni Valide Camii
GALATA
Kız Kulesi
ÜSKÜDAR
Galata-Köprüsü
Doğancılar Cad.
Atatürk-Heykeli
Sirkeci İstasyonu
Gülhane Parkı
Tıbbiye Cad.
Topkapı Sarayı
St. Irene
Kennedy Caddesi
Selimiye Camii
Selimiye Kislası
Hagia Sophia
SELİMİYE
İstanbul
Haydarpaşa Lisesi
1000 m